KB150866

창

시인의일요일시집 005

창

1판 1쇄 찍음 2022년 4월 26일
1판 1쇄 펴냄 2022년 5월 3일

지 은 이 성은주
펴 낸 이 김경희
펴 낸 곳 시인의일요일

표지디자인 이호진
본문디자인 노블애드
경 영 지 원 양정열

출판등록 제2021-000085호
주 소 경기도 용인시 기흥구 연원로42번길 2
전 화 031-890-2004
팩 스 031-890-2005
전자우편 sundaypoet@naver.com
블 로 그 https://blog.naver.com/sundaypoet

ISBN 979-11-975090-5-6 (03810)

값 10,000원

* 이 책은 대전광역시, (재)대전문화재단에서 사업비 일부를 지원받았습니다.

창

성은주 시집

| 시인의 말 |

바둑알 같은 눈동자를 켜고

날아가는 새를 본다

왜 그 숲에 들어가려 했을까

차 례

1부 여전히 난 질 수밖에 없다

2부 당신은 내가 살고 싶은 나라

3부 우린 앵무새를 키우고 싶었다

1부

여전히 난 질 수밖에 없다

창

창문을 읽다가
깨진 조각으로 글씨를 썼다

흙에서 피가 났다

붉은 웃음처럼
번지는 방향이 더없이 좋았다

떠나고 싶을 때
돌멩이라고 적고
투명한 페이지를 뜯어낸다

흰 척추는 구부러지지 않고
그냥 깨질 뿐이다

뾰족한 단어가 걸어 나온다

내 옆구리에
마침표 같은 구멍이 생겼다

거짓말 이력서

최초의 거짓말은 여섯 살 놀이동산에서 시작됐다

엄마는 내 손에
풍선 끈을 쥐어 주었다
놓치지 마
정말 먼 곳으로 사라지는지 궁금해서
일부러 풍선 끈을 놓았다

엄마 원피스 자락을 붙들고
혼날까 봐
더 크게 울며
놓친 척했다

캉캉춤을 추던 무용수가
내 최초의 거짓말을 눈치챈 것 같았다
그 후로 종종 거짓말할 때마다
속치마 들썩이듯
넘어지는 꿈을 자주 꿨다

*

함께 차 타고 커브를 돌 때 연인의 머리카락도 길어졌다

우리의 교집합에
또 다른 동그라미가 빗금을 쳤다
당신은 너무 아래에 있어요
계속 그어지던 선
지우는 방법을 몰랐다

긴 통로에서 과일 껍질처럼 앉아 있는
당신을 내가 지워 놓고
당신이 날 떠났다고
슬픈 척했다

갓 지은 쌀밥에서 따뜻한 김이 올라올 때
금방 식을 거라 생각했다

매일 같은 이별을 떠들던 내가
분장이 번져
불쑥 그 사실을 들킬 때가 있다

쉬쉬

알면서 모른 척 지나쳐 본 일이 있다

이웃집 언니가 가게에서 초콜릿을 훔치다가
나와 눈이 마주쳤다
물방울처럼 생긴 눈을 계속 감았다 뜨는데

곧 비가 내릴 것만 같았다

밤이 되면 사람들은 각자의 방에서
눈동자를 켜고 환해지다가
하나씩 전원을 내리고 어두워졌다

뾰족한 빗방울이 무서워 두꺼운 이불 속에 숨었다
이웃집 언니는 욕실 타일을 하나씩 뜯어 입에 넣어 주었다

깜깜한 바닥을 더듬거리는 동안 균열이 생겼다

축축한 말들이 노랗게 젖어 있었다

타임아웃

아이처럼 오래 울었다

의자에 앉아 손톱이 짧아질 때까지 창문 밖 구름을 생각했다

종종 거꾸로 매달린 것들을 떠올리며

멈췄다

달팽이가 여기저기 굴러다녔다

촛농처럼 쿠키를 굽던 엄마는 오지 않았다

여전히 좋은 사람은 끝까지 나타나지 않았다

매일 반성하는 버릇이 생겼고

열쇠 돌리는 방법을 잃어버렸다 짧은 노래 외우다가

길들여진 음표 하나씩 깨물어 먹는 맛에 빠져

짙은 안개가 쌓인 줄 모르고 나란히 발을 담갔다

구멍 난 양말 같은 표정으로

여전히 난 질 수밖에 없다

술래의 집

단골 가게 주인은 단골손님에게 얼굴 잊겠다며 어설프게 웃는 자. 이름 없는 가게 주인은 이름 없는 손님을 만나 첫인사 가능해지는 자. 낯선 길에서 순간 너인 줄 알고 반갑게 등을 쳤다가, 당황한 듯 서로 눈치 살피다 불안의 방으로 귀가해야 하는 자. 무작정 도망치는 자의 목적지를 궁금해하더니, 오늘 출발했던 곳이 목적지일 거라며 목이 긴 두 경찰에게 신고하고 잠들어 버린 자. 그러나 목적지에 갔다가 내리지 않거나 처음부터 목적지 없던 자. 가위바위보로 순위를 정해 나누는 자. 허튼춤을 추며 상대편 중 마음에 드는 자를 골라 이기면 자기편으로 데리고 가는 자. 상대를 외롭게 하는 재주가 있는 자. 얕은 침묵을 진열해 놓고 죽은 사람처럼 가만히 있는 자. 정지화면처럼 서 있으면 최면에서 빠져나오도록 심벌즈 울리고 풍선껌 씹어 대는 자. 화가 나면 당장 말하지 못하는 자. 여기가 지옥인데 또 다른 어딜 가냐고 묻는 자. 쉽게 떠나는 자와 오랫동안 떠나지 못하는 자. 건널목에서 망설이다가 죽은 자. 푸릇한 것들만 보면 죄다 뜯어낸 후 짐승처럼 트림하는 자. 부끄러운 죄 저지르고 몸 숨기는 자. 잠시 숨었다 금방 나타나려고 수많은 가면 준비해 둔 자. 오늘 밤 혼자 지낼 수 있는 방 하나 없는 자. 이를테면 잘 살아야 하니까 다음 술래 오기만 기다리는 자. 열두 번 종이 울리고 일흔아홉 개의 별이 사라져도. 나는 종일 술래의 집에서 그들만 생각했다

심야극장

간판 불이 꺼지듯 해가 떨어진다
아무렇지 않게
저녁이 허무는 길을 걷다가
붉게 떨어진 아이 하나를 줍는다

빗소리를 내는 아이 앞에 오래 서 있다가
발아래가 젖는다

괜찮니?
괜찮아

*

팝콘을 잘근잘근 씹을 때마다
집으로 가는 자막에서
서늘한 맛이 났다

쓸쓸함은 모퉁이만 봐도 알 수 있다

옆자리를 더듬어 봐도 쉽게 들킨다

주인공은 자꾸 길을 잃어버리면서
중얼거리고
부르는 소리가 점점 작아진다

아직 멀었어?
아직 멀었어

*

구겨진 몸 일으켜 세우는 동안
엔딩크레디트처럼 사람들이 사라진다

사람이 사람을 지우며 사는 풍경
사람이 지워진 면적만큼
날 수 없어서
날아갈 수 없어서

멀리 불 꺼진 창이 열린다

또 한 아이가 떨어지고 있다

또 한 아이가 지워진다

바레카이*

부모님은 장마가 시작된 날 제주도로 떠났고, 큰언니는 냉커피 한잔하고 싶어 동네 유원지를 몇 바퀴 돌았고, 오빠는 이불 속에서 철없는 애인 달래느라 자장가를 불러 주었지요. 그사이 계단을 오르락내리락하던 또 다른 언니들은 불규칙하게 방문 걸어 잠그고

할머니는 흰 머리칼 빗어 내리며
애야 비녀를 자꾸 빼지 마라.

난 지느러미를 꺼내 보이며
할머니의 하얀 파도에서 살고 싶어요.
해저는 너무 넓고 고요해서 쓸쓸해요. 간혹 듀공이 찾아오는데 서럽게 울다가 한 번씩 수면으로 고개를 내밀고 사라졌어요.

바닥에서 공중으로 연결된 통로를 따라 걸었어요. 동그란 단추를 하나씩 입속에 넣으면서. 레몬 맛, 튀김 과자 맛, 자일리톨 맛, 단추는 모두 친절한 친구가 떼어 준 것들이죠. 멀리 가지 말라던 친구의 손을 놓고. 위로, 위로, 갈수록 좁아지는 공중. 가

늘어진 길 위에서 고양이 자세로 계속 그렇게. 중력을 버리기 위해 팔 흔들고, 손끝 떨면서. 바람이 이끄는 대로 곡예를 시도해도 소용없는

옷에서 단추가
후
드
득
떨어지던 날

초록색 선풍기 바람이 돌던 침대였지요. 흰 그물에 쌓여 난 바다가 아닌 미지의 숲에 떨어진 걸까요. 부모님은 우비를 입고 밧줄 묘기를, 큰언니는 둥근 후프에 몸을 의지한 채 공중에 날아오르고, 오빠는 애인의 몸을 공처럼 빙빙 돌리며 저글링 곡예를, 또 다른 언니들은 삼중 공중그네 쇼를, 할머니는 비녀를 푼 채 아코디언 연주를,

* '어디든지'라는 뜻을 가진 집시 언어로 〈태양의 서커스〉 다섯 번째 시리즈

거울, 불면증

거울아, 눈 감지 않는 거울아

널 따라 네 몸에 들어가 날 팔고 싶은데 쉽게 잠들지 않는 오늘 공기를 검게 가두고 밤을 익혀도
들어가겠다고 눈 감겠다고 숨겠다고 물고기 한 마리 저리게 흔들며 울어도 주변만 물렁해지네
락스를 풀어 놓은 듯 같은 색깔로 기록을 남기지 네 문 속에 담긴 침묵은 착실했어 비명은 이제 병들었다고,
모두 치아를 보이고 혀를 보이며 말 걸어왔지

바다도 아닌 태양도 아닌, 파도 같은 빛으로 지뢰 밟듯 널 닮아 가지 네 몸 안에서 물장구를 치면 생리적인 연주에 음표를 달면
스륵스륵 수로가 열리고

아무도 찾아오지 않는 거울아 조각조각 우리는 우리를 낳고 유령처럼 불어났구나 이제 마취제가 필요할까 항우울제가 진실할까
지워지지 않는 거울의 지문은 하얗게 밀가루로 번져 개처럼 울고,

차라리 녹아 버리는 편이 좋겠지
코카인에 중독된 최면이라면
타르에 그을린 악몽이라면
피를 토해 내며 찢겨질 듯 부재를 남겨 놓고
혼자, 힘으로, 어서, 내 관 짜 놓고, 영원히, 자자,

이름을 기억하는 방식들

(연필장)

지도를 그렸더니 함께 여행 가자 말하고, 달력에 동그라미를 치니 무슨 날인지 묻고, 책에 밑줄 그었더니 고갤 끄덕여 주고, 일기를 쓰니 안 보는 척하다가 얼굴 어루만져 주고, 이름을 썼더니 보고 싶으냐 말 걸고,

당신을 그리면 당신이 나올까
나무를 입고 깡마른 육체가 아주 가늘게 종이에 흘러
온몸을 떨며 피는 넋
마디마디 깎이고 깎이다가
알몸 같은 문장들이 차가운 바닥에 눕는다
피부가 이렇게 검었던가

(사진장)

낯을 많이 가렸는데 유쾌하게 모두와 눈 맞춘다
당신의 색감에 어울리는 물감들, 그들과 섞여 지내다 보니 성격이 변했나 봐 살짝 벌린 입술로 치즈라고 말해 줘
평온한 얼굴로 우두커니 있다가 좋은 일이 생길 듯이

오른쪽에서 왼쪽으로 휘어지는 표정
이젠 당신을 만져도 되는지
무거운 질문이었을까
대답하지 않고, 설명하지 않고, 물감 튜브를 만지며 난 계속 당신을 기다릴 거야
액자가 가득 걸린 카페에서 우리가 만날 수 있다면
좋을 텐데, 마주 보는 생동감을 기억하고 싶지만
사실, 난 당신의 옆모습이 더 그리워

(산호장)
내륙보다 해저를 좋아하는 당신은
아마 전생에 물고기였을 거야
눈동자를 응시하다가 낮은 온도로 떠날 때
바다의 풍경을 더듬어 달라는 부탁, 산호로 둘러싸인 리프 볼에 들어가 조그만 구멍들 사이로 인사하고 싶다며
남쪽 바다로 간다 했지
물결 따라 일렁이는 기러기의 반복은 강박이라서
순해지려 맘먹고 배불리 약을 먹었어

생선 비늘처럼 반짝이는 것들이 환幻을 품고 격렬히 키스해
머릿속에서 귓속에서 화음이 들려 맥박 소리가 들려
바다를 보면 싱싱한 당신이 보여

(폭죽장)

흰 작약 꽃가지가 좁고 기다란 바닥에 누워 꽃잎을 늘어뜨린다 우린 오늘 어디서 이별해야 화려해 보일까 마지막 통로에 당도한 색채의 잔해는 어떤 빛깔일지 궁금해진다
지금, 여기, 도피하듯 쪼개지는 형상들
분리되지 못한 감정을 숨기는 동안
창백한 작약은 그림자를 버렸다 버려지거나 버리거나
글쎄, 나도 이렇게 똑같은 식으로 멀어질지 몰라
당신은 말을 건네고 떠날 준비를 하고
공중에서 너와 다정하게 헤어질래
우린 서로 비워 내기 위해 불을 껐지
탁ㅡ 탁—— 곱씹는 뜨거운 놀이를 하자

(우주장)

머리카락 사이로 차가운 바람이 불어
헛보여도 좋을 눈으로 하늘을 올려다볼 때
다시, 바람이 푸르러서 눈을 감아
쓸쓸한 잠을 자듯 감아
두통이 쏟아지는 오후
어딜 가도 독백, 으로 어지러운 진단들
펄럭이는 구름을 뚫고 멀리까지 날아간
당신은 어느 행성에서 신발 끈을 묶고 있을까
귀가하지 않는 우리의 언어엔 마른 잎들이 타는 냄새가 난다
살기 위해 까치발로 걷는 연습을 하다가 지구를 껴안고 울었어
이토록 불온한 서커스를 보면서

방

식물이 자라는 속도처럼
조금은 알 것 같은 색을 칠했다

매일 색다른 물감으로
다르게 보이는 연습을 끝내면
차가운 문고리를 잡고 나갈 수도 있겠다

오랜만에 가방을 들었다
하나씩 짐이 늘어날 때
누군가 자꾸 가방 지퍼를 열고 사라졌다

돌아보면 뚜껑을 열어 보지 못한 물감들

무거운 가방을 끌다가
창문 너머로
검은 구름이 비워지면서
점점 파랗게 익어 가는 하늘을 봤다

변명 가득한 가방 안에는
푸르르 떠는 목소리가 바스락거렸다

돌아보면 칠이 덜 마른 가구들

벽에 기댄 감정을 끌어내리느라
오후가 허물어진 줄도 모르고
오래도록 서 있다

내게 맞는 색을 더듬더듬 챙기는 동안
밖으로 나가는 방법을 잃어버렸다

나의 바깥

해변을 통과하는 자갈처럼
차가운 치아를 드러내며 견디는 소리

내가 모르는 너와 네가 모르는 나 사이
일방적으로 사라졌다 나타나는 아침을 닮았다

우린 종종 실내화를 바꿔 신었고
색깔 없는 사람들이 되기 위해
수일을 뒤척였다
아주 낯설거나 혹은 아주 익숙하게

말끝을 올려 나와 멀어지는 연습을 하다가
모두 빠져나간 텅 빈 숙소에 앉아 울었다

경기장 바닥에 깔린
원圓을 따라 달리는 너와의 레이스

날 잃어버릴수록 내가 더 선명해지는 이유

떠밀린 속사람과 속사람에게서 나온 겉사람이
문밖에 서 있기 때문이다

문을 두드리는 건
정든 화음을 잊지 않으려는 예의
서로 다른 방향으로 목을 돌려봤지만
풍경이 지워지는 속도가 달랐으니까

펭귄

일요일은
내가 좋아하는 옷 입고
서점에 가자

매일
똑같은 의자에 앉아
똑같은 노래를 들으며
이젠 네가 지겹다는 소리를 들어야지

서툴게 이별을 끝내고
견고한 슬픔이 찾아오면
저녁 먹다가
농담을 던져 봐

아무것도 아닌 말을 하며 살기엔
시계가 자주 멈춘다

흰 종이를

뒤뚱뒤뚱 건너다가
길을 잃었다

케렌시아*

빨간 신호등이 켜지면
저녁마다 비대칭 농담을 던진다

벽이 벽을 낳을 때마다 가느다란 눈 만들며 견딘 시간이 찢어진 채 머리를 숙인다

팔랑거리는 3인칭의 세계
문득이라는 말을 중얼거려 본다

이 세계의 끝으로 들어가 아랑곳없이 침묵할 수 있다면

아무것도 아닌 나, 아무도 모르는 나, 물에 잠긴 나를 데리고 조용히 뿌리내릴 수 있다면

팽팽하게 자라는 습관을 버리고
잃어버린 마지막을 찾아오겠다는 숨을 내려놓고

신을 벗었을 때 어떤 신이 내 신인지 모르겠다는 듯

칼끝이 눈앞에 와도 모른다는 심정으로
우는 소리를 내고 싶은데

오늘도 밖으로 날 내보낼 건가요

숱한 낮과 밤이 모래시계처럼 뒤집히다가
너무 멀리 가 버린 몸에서 폭죽이 터진다

* querencia, 투우장 소가 마지막 일전을 앞두고 잠시 숨을 고르는 자기만의 공간

라넌큘러스

목요일의 얼굴이 걸어 나오면
질문을 쏟아 내던
푸른 아이가 느리게 기지개를 켠다

홀로 벽에 기대앉아
낮게 날고 있는 새소리를 듣는다

아이를 지켜보던 여러 겹의 날씨

잠깐 다녀가는 기분으로 커튼을 연다

말문이 막히는 날
입술을 꽉 다물고
손가락으로 숫자를 세거나
글씨만 쓰는 아이

텅 빈 몸 일으켜 세우고
흰 울음을 터트렸다

축축한 다리를 말리기 위해
날마다 푸른 말들은 잘라 냈다

조금씩 자라는 아이의 손
습도를 맞추려 발버둥 치지만

바닥에 구겨진 기도만 가득했다

소금호수

느리게 핀 초지草地에 앉아
버려진 이름 불러 볼 때
어떤 표정으로 눈동자 빛깔을 바꿔야 할까

수취인 없는 편지를 쓰는 건
이별을 연습하는 것
길을 잃어버리는 건
여행을 시작하는 것

우리에게 주어진 시간은 기약 없이
그저 고통스럽기만 할 뿐이어서
밀가루처럼 메마른 흙먼지만 흩날리는데

야크 젖은 꿈을 살찌워 주고
소식을 끝없이 부풀려 주고
야크 털로 우리의 신음을 칭칭 감아 내리지

가자, 맹장염 걸린 야크야

가자, 발굽에 상처 난 야크야
북쪽으로 고갤 돌려
빠르고 매끄럽게 걸어가자

모래알이 잔광에 아른거릴 때
티스푼으로 휘휘 저으면
왜 자꾸 우린 유언을 남기려 했을까

소문은 흩어지고
얼마나 많은 오해 속에 갇혀 살았는지
(머리카락이 헝클어진 외로운 짐승처럼)

히말라야 혈관을 타고 넘으며
숨 쉬는 동안
부드러운 침이 흘러내리고
오래전 바다의 흰 피가 조각조각 고여 있다

백합

불 끄지 마
어두운 숲에서는 종이가 자랄 수 없어

세상에서 가장 긴 목을 가졌는데
네 이름이 지워지고 있어

거기 어때?

바닥으로 떨어지는 흰 살점들
어떤 위치에서 널 바라봐야 할까
비스듬히

텅 빈 얼굴을 지날 때

그럴듯하게
종이 넘기는 소리가 들리고
두 손으로 백지를 끌어당겼다

깨지지 않게 조심해 줘
이제 방문 닫고 모두 나가 줄래

새 창을 달다

창을 닦는다
보이지 않는다는 것은 안쪽 때문일까 바깥쪽 때문일까
나의 얇은 창에 먼지가 가득하다

물방울을 떨어트려 닦아도 닦이지 않는다

가끔 뒤척이는 구름의 살점이 보인다 비가 그치길 기다렸다 들판을 걷는 바람이 어쩌다가 흙내를 몰고 들어올 때가 있다 창을 닦는다 주기적으로 관리를 해 주지 않으면 유리는 더욱더 혼탁해진다 창을 닦는다 가끔 검은 점이 생겨 신경이 많이 쓰인다 창을 닦는다

뿌옇게 나무가 두 개로 겹쳐 보일 때가 있다
찬란하게 흔들리는 빛의 몸짓을
깜박거리는 춤을
오래 지켜보다가 서서히 어두워지거나
사라지는 발목이 창가에 쌓인다

창문 없는 방을 떠올려보다가 혼탁해진 창을 새 창으로 갈아 끼웠다

조용히 스르륵 움직이는 밝은 빛이 침착하게 새 창을 뚫고 들어온다 새 창도 주기적으로 물방울 뿌려 닦아 주고 정기적으로 관리를 해 줘야 검은 테두리가 생기는 걸 예방할 수 있다고, 예방해도 무너지는 것들이 있다 무너지는 것은 무게를 못 견딘 잘못인가 무게의 잘못인가

작은 창에 사랑하는 풍경이 모두 담긴다
돌보고 돌보다 돌아보게 되는 일처럼

창을 닦는다
새잎이 돋는 나무를 본다

2부

당신은 내가 살고 싶은 나라

빙고

왜 발을 동동 구르며 서 있니?

곧 우리에게 펼쳐질 계단을 건반처럼 밟아 보자
도레미는 있고, 파가 없다
그래, 파가 없는 지구는 심심한 맛이겠구나

근육과 뼈가 없는 대화를 계속하고 싶니?

빈칸에 누워 좀 쉬었다 가자
다정해지는 연습이 필요해
사방에 선을 그려 넣어 봐

우린 식당 칸에서 파스타를 돌돌 말아 입에 넣었지

못 본 척
못 들은 척하던 표정이
왈칵 쏟아져 나왔다

어떤 얼굴로 사각형을 기어 나왔을까?

출구 앞에서 슬픔이 차오른다
같은 이름이 우글거리는 나를 버렸다가
다시 버렸던 이름을 찾아온다

여행에서 돌아온 날은 항상 구름이 많았어
목욕탕에서 밀던 때처럼 말이야
어떤 얼룩은 물방울을 닮아 고요해
우린 둘이서 하나를 만들었지

회회아 回回兒

페이지를 넘겨요 침대에서 돌아눕듯이

저기 돌아가는 것 좀 보세요 당신과 참 많이 닮았죠

왜 그런 표정으로 아이를 바라보나요

시끄러운 환풍기는 꺼 주세요

긴 목은 나무이던 때가 그리워 구부러지지 않는 걸까요

당신이 처음 사 준 이오니아식 키톤을 입혀 주었을 때

하나의 핀이 우리 아이를 찌르게 될지 몰라요

밖은 바람이 차요 두꺼운 옷을 사 줘야겠어요

전단지를 뜯어 와서 어쩌려고요

창가에 매달아 놓고 지금 뭘 바라고 있나요

숲의 아이

곱게 자란 나무와 거짓말처럼 아이를 만들었다

팽팽한 절정도 없이
우린 어둠 속에서 손뼉을 쳤다
손에 잡히는 초록들

쫄깃한 문장도 없이
먹다 뱉어 버린 빈칸 앞에서 서성였다
우두커니 앉아 있는 시간이 수시로 쏟아졌고
종종 단단한 테두리로 자신을 가두기도 했다

겁 많은 나무는 몇 장 남지 않은 몸 펄럭이며
아이가 굴러가는 소리를 모두 들었다

까르르까르르
웃다가
또르르또르르

아이야, 바닥을 뒹구는 아이야,
아무리 뒤척여도 여길 벗어날 수 없단다

거대한 숲이 되어 주지 못하는 나무

대책 없이
아이의 웃음소리만
부풀어 올랐다

구멍이 여러 개 생긴 날
아낀다고 아낄 수 있는 게 아니듯
서로 쉽게 들키게 되는
잎맥이 있음을 알았다

구르고 뒤집히다 보면
거짓말처럼 입 안에 침이 고이지 않니

그러니까 부디 아이야 너무 멀리 가지 말자

왼손잡이

한 마리 새가 날개를 깃발처럼 펼친다

펄럭이는 방향으로 젖은 숲이 불쑥 팔을 내민다

푸른 겨드랑이 밑에서 그늘을 즐기던 아이들
녹아내리는 붉은 사탕을 양 볼 가득 굴린다

왼손으로 흙 그림을 그리던 아이, 날마다 뿔 달린 짐승을 그리던 아이가 저수지에서 돌아오지 않던 날
쏟아지는 어둠 속에서 모깃소리만 귀를 잡아당겼다

눈물도 없이
무작정 발자국에 지워지는 그림을 바라보다가
왼손으로 사라진 그림을 채워 넣다가
왼손으로 글씨를 쓰다가
왼손으로 밥을 먹다가

어릴 때

슬프지 않았던 것이
커서 많이 슬플 때

예고 없이 떠내려간 이름 앞에 선다
나무 위로 구름이 물들고 새의 목소리가 떠도는 오후
내가 그리다 만 그림을 그곳에 내려놓고 왔다

백색소음

공기가 흐르는 소리를 만진다
허기진 방향 껴안고 미끄러지는 달

손가락 사이 노란 연필로 가늘게 당신을 그려 본다
밤길 걷다 마주친 등나무처럼

당신이 내게 처음 보여 준 흑백그림
공중에서 머뭇거리는 리듬으로 춤추다가
조각조각 흩어질 때
뾰족해질 때
점점 검게 물드는 방 안이 무서워
눈물이 났지

살갗에 닿는 모든 것들이 그리워지는 시간이야

배 속에 있을 때처럼 눈 감고 한참 웅크려 우는데
귀가 자라던 시절
세상에서 제일 편한 방에서

수집했던 소리
가장 많이 듣던 소리

지금은 다시 들어갈 수 없는
지금은 다시 들을 수 없는

물컹물컹한 지층을 서성이는 음파를 닮았지만

날 사랑할 수 있다는 입술로
아무렇지 않게
거짓말하는 당신이 보인다

폴터가이스트*

하늘은 별을 출산해 놓고 천, 천, 히 잠드네
둥근 시간을 돌아 나에게 손님이 찾아왔어 동구나무처럼 서 있다가 숨 찾아 우주를 떠돌던 시선은 나를 더듬기 시작하네 씽끗, 웃다 달아나 종이 인형과 가볍게 탭댄스를 추지

그들은 의자며 침대 매트리스를 옮기고 가끔, 열쇠를 집어삼켜 버리지 그럴 때마다 나는 침대 밑에서 울곤 해 스스로 문이 열리거나 노크 소리가 들릴 때 화장실 문은 물큰물큰 삐걱대며 겁을 주기도 해 과대망상은 공중으로 나를 번쩍 들어 올리지 끊임없이 눈앞에서 주변이 사라졌다 나타나고 조였다 풀어져
골치 아픈 그들의 소행에 시달리다 못해 어느 날, 광대를 찾아갔지
광대는 자신이 두꺼운 화장에 사육당하고 있다며
웃어야 할 시간에 울고 있었어

천장을 훑어 오르기 위해 어둠 속에서 그들은 그림자를 흔들고 있어
자연스럽게 때론 엉성하게

그러다 접시가 입을 쩌억 벌렸어
누워 있던 골목들 일제히 제 넋을 출렁였지
붙어 있던 그들은 홀가분하게 나를 떠났어
온갖 소동 부리고 떠난 자리,
무성한 음모만 시끄럽게 남아 있네

* poltergeist, 불안정하게 소란을 피우는 영(靈)

금호선인장

무너질 듯한 담벼락을 사랑하는 일은 우리 집에서 하얀 토끼를 키울 때부터다.

가끔 담벼락 밑에서 네잎클로버를 찾아 동네 아이들에게 신이 준 선물처럼 나누어 줬다. 담벼락 돌 틈으로 비행기 소리가 들리면 구름이 움직이는 소리로 착각할 때가 많았다.

주사위를 던지고 많은 숫자를 바라는 마음으로 그 밑에 쭈그려 앉아 할머니를 기다렸지만, 주머니에서 나오는 건 부서진 보름달이 전부였다.

삼촌의 방문이 길어지는 날에는 억지로 자야 하는 시간이 난 제일 억울했다. 서울에서 큰 가게를 하는 삼촌은 집이 여러 개였지만 할머니 집까지 필요한 거였다.

달팽이가 담벼락에 내가 그린 검은 건반을 누르며 지나갔다.

삼촌이 남기고 간 금호선인장은 외롭고 아득한 행성 같아서,

할머니는 자주 물을 줬다. 금호선인장이 말라죽는 이유를 눈치 채지 못한 할머니는 삼촌 물건들만 만지작거렸다. 숫자가 적힌 마권이 쏟아지는 오후

낯선 사람들이 다녀가는 동안, 황금빛 가시를 하나씩 분지르다가 담벼락 밑에 심었다. 그날 저녁이 붉게 번졌다.

오늘의 맛

토마토를 먹는다 과즙이 툭, 터질 때
할머니가 허리 구부리던 밭 냄새가 난다

이랑과 이랑 사이 그늘에 숨어 들어가
익은 것과 익지 않은 것을 보면서
붉게 물들다 곧 떨어져 나갈 빈자리를 생각했다

과일이 먹고 싶어지면 냉장고 문을 열지 않았다

가지에 매달린 미지근한 토마토를 땄다
밑으로 수박이 뒹굴고
옆으로 불쑥 참외가 보였지만

시작도 끝도 변하지 않는 이름을 가진
토마토에 손이 더 많이 갔다

부르지 않아도 뒤돌아볼 것 같은
금방 들키는 얼굴 같은

그 붉은 두근거림이 좋아서

약속 잡지 않고 만날 수 있는 사람처럼

얼마든지 다시 시작할 수 있는 마음처럼

오늘도 꼭지만 남을 때까지 토마토를 조용히 먹는다
붉은 태양이 산 아래로 사라진다

사과

두어 달 윗목에 둥글게 말려 있어 검버섯이 가득하다 붉은 압통에 시달려 욕창도 피었다 금세 살갗 찢겨 그늘을 토해 낸다 기계 박동에 맞춰진 호흡 밀어넣어 본다 지나온 길 감아 가듯,

껍질이 벗겨진다 너무 멀어진 처음이 어딘지도 모르게 붉게 흐르는 살결을 도려내고 도려내다가 얇은 살점만 찬찬히 흰 접시에 담는다 혈관을 흔들며 실핏줄 당겨도 아픔을 물고 조용히 늘어져 있다 환했던 속살 누렇게 변해 가고 사람들은 더 변색되기 전에 몰려왔다

그들은 병실에 찾아와 사과 한 조각씩 베어 문다
먹으면서 우는 사람들과 울면서 먹는 사람들 사이로
더는 뜯길 살점 없이 우멍하게 뼈만 남은 당신을 본다

손뼉을 치며 즐겁게 웃던 사진 속에서 영정사진을 고르는 내 팔에 서늘한 바람이 부딪친다 다녀간 사람들이 남긴 사과 뼈에서 단내가 흐른다 울컥, 사진 한 장이 걸터앉아 딸꾹질을 한다

담요

엄마의 볼록한 배를 만지며
사람들은 사내아이가 태어날 거라 했지요.

외할머니는 눈 감고 얘기를 잘해요.

계집애야, 밤이 가장 긴 날 나올 거다.
게다가 윤달이구나. 동지冬至에 나올 테니 앰한 살 먹겠네.
병들지 않도록 신경 쓰거라.

막달 태교는 바스락거리는 부적 소리와 외할머니가 들려주는 오래된 주술이 전부였어요.

태어나자마자 담요에 연꽃처럼 싸인 난
외할머니 품에서 향냄새와 색동무늬를 읽었고

가족과 무관해지는 법
혼잣말에 익숙해지는 법
젖은 종이엔 글씨를 쓸 수 없는 법

비포장도로에 돋아난 질경이를 따라 걷는 외할머니의 그림자가 가끔 뒤를 돌아보았어요. 난 담요를 움켜쥐고 외할머니가 놓친 질경이를 뜯어냈어요.

잘려 나간 풀 한 포기가 딱딱한 아스팔트를 구를 때

계절이 바뀌는 속도로 외할머니 소독약 냄새가 담요에서 지워질 때

학교 앞에서 산 병아리를 담요에 넣고 기르기 시작했어요. 노란 깃털이 물들기 시작했지요. 담요 안에서 병아리가 죽던 날 밤, 처음으로 자면서 눈물이 고였어요.

외할머니가 사 준 담요는 손에서 손으로 옮겨졌고

인형들 넓은 방이 되어 주거나
감을 우려먹기 위해 항아리를 감싸고 있거나

마을회관에서 화투 치는 아저씨들 밑에 깔려 있거나

캄캄한 고요를 뒤집어쓸수록
담요의 행방은 묘연해졌어요.

외할머니가 숨을 거두기 전날 외삼촌들과 엄마는 함께 식사를 길게 했어요. 북쪽 창문 밑에 동쪽으로 향한 외할머니의 하얀 머리카락이 보였지요. 임종 날짜와 시간이 적힌 종이 위 붉은 글씨를 들고 외삼촌들은 남겨질 유산을 셈하기 바빴고, 엄마는 외가의 신전神殿에서 눈물을 똑, 똑, 떨어트리고 있었어요.

하늘과 가까운 장지로 상여를 들고 온 사람들이
붉은 꽃무늬 담요를 눕히고
그 위에 앉아 장례 음식을 나누어 먹었고

유품이 타는 동안,
엄마는 나를 감싸고 있었죠.

나비잠

계절을 건너 당신은 가끔 내게 온다 말하고
난 그게 싫지 않고

밤이 길어지는 쪽으로 돌아누워 봐
소식을 안고 걸어오는 날씨가 보여

내가 모르는 당신과
당신이 모르는 나 사이
우린
일방적으로
사라졌다 나타나는 기후를 닮았지

분홍 뱀이 허전한 화단 기웃거리며
제 꼬리를 잘라 먹고 있어
구두를 던지며
소리쳐도 도망가지 않네
몸뚱이를 다 먹어 치울 때까지

꿈에서도
언제나 커다랗게 숨이 차올라
똑바로 누워 있다가
형광등 켜 놓고
이불 반쯤 끌어 올린다

잘 자라 우리 아가 잘 자거라
눈 감으면 나비처럼 가벼워질 거야

앙고라 스웨터 입고 온 당신
날 재워 주다 머리 위로 사라지네

두 팔로 그림자 끌어당기는데

소란스럽게
꽃잎 터지는 소리에
나뭇잎 북적거리는 소리에
솟구치는 푸른 움직임

무거운 스테인리스 포크로
껍질째 먹는 과일을
쿡쿡, 찔러
쏟아지는 과즙만 삼킨다

첫맛과 끝맛

입 안 가득 번지는
팽팽한 길을 더듬는
그 맛이 나를 키워 냈다

엄마 젖꼭지에서 하얀 피가 돌던 날
눈물이 핑 돌던 날
첫맛은 항상 나를 달게 위로했다
밀어내도
게워 내도
맛이 맛을 찾아가듯
아득한 냄새에 침이 고였다

오른쪽보다 왼쪽에서 먹을 때
사람과 가까워지고 싶은
마음이 생겼다
그럴수록 맛은 더 깊어졌다

비릿한 저녁이 저물고

이불을 뒤집어쓰고
그해 장마를 기다렸다

*

눈 뜨면 지극히 평범한 맛
짜내도
짜내도
단물 빠진 껌처럼
함부로 버려진 그릇에 금이 갔다

엷은 통증이 줄 타고 흐르는 날
먹으면서 숨 쉬는 엄마를 봤다
옆에서 나는
매운맛이 당겼고
맛없는 것들을 죄다 뱉어 냈다

살갗 깊숙이 식어 가는

엄마를 뒤집고 뒤집어도
자꾸 식어 가는

푸른 젖가슴이 부풀어 오르면
엄마의 끝맛이 아프게 열린다
나는 그 맛에 운다

아버지, 피고 지고

개나리를 소주병에 꽂아 놓던 날

아버지는 연애를 시작했다

사방이 황금빛 소문으로

몸이 몸에게 건네는 말

흑발은 아버지의 근황을 알리는 가느다란 숨

계절은 피고 지고

오래된 잡지에 밑줄이 생긴다

나무가 옷을 입고 벗는 동안

그림자 안으로 부푼 늙은 애인

다시 돌아오지 않고

위치를 지운 표정은

조용히 무너지는 동굴을 닮았다

종종 라디오 옆에서 아버지는 잠이 들곤 했는데

후드득 떨어지는 저녁 공기들

피카소 다방

– 섞이러 가자

더 깊게 섞이러 2층에 오른다 계단의 농도가 높아질수록 아래의 색상을 이해하기로 한다

인공 화초가 물감을 화려하게 차려입고 테이블 곳곳 우거진 숲을 이뤘다 낡은 가죽 소파에 떨어진 이파리를 쥐고서, 난 견딜 수 있을 만큼의 흔들림으로

– 모두 아버지 탓이에요

검은 뿔이 돋아났다가
해독을 위해 어두운 눈썹을 파르르 떨었다

검은 것들이 모두 쏟아지던 날, 얼음 가득 담긴 냉커피와 흘러간 노래와 먼지 쌓인 창문들과 위태로운 발자국과 목소리가 전부였다

- 우리 기념일을 그려 볼까

나이를 기념하는 색, 가족을 기념하는 색, 피카소를 기념하는 색, 애인의 애인들을 기념하는 색

괜히 눈뜨기 싫은 날은 천천히 말하고 천천히 듣고 싶은 날

- 정확한 것들이 슬픈 시간이네요

비가 많이 오던 날, 우산 들고 오겠다던 아버지
텅 빈 교실에 앉아 기다려도 끝내 오지 않고

이젠 잃어버리거나 지워진 색을 찾아 물끄러미 채워야 할 공백들, 검은 살결들, 바닥에 떨어진 머리카락을 보는데 왜 아버지의 무늬가 만져질까

포르트-다*

그녀의 팔엔 작은 바늘땀 같은 무늬가 있다
푸르게 번진 팔을 휘두르며 어딜 자꾸 가시나요

차가운 회전문 밀고 들어가 반나절 숨어 버린 그녀
나는 문이 돌아갈 때마다 두리번거리며 서성였다

긴 시간 풀었던 실을 몸에 칭칭 감고 나타났다가
흰 이불을 뒤집어쓰고 다시 숨어 버린 그녀

중환자실 문고리 잡고 ―――――――― 서

멀어진다는 것은 찢겨 나간다는 것

플라스틱 실패가 앙상해져도 그녀는 돌아오지 않았다
떨어진 단추 빈자리에 실밥 같은 잔디만 올라왔다

* fort-da, 아기가 어머니의 부재를 연습하는 게임

지진처럼 꽃피다 사라진

우린 서로 이름을 부르지 않는다
버려진 상처의 속도만 기억할 뿐
출발선에서 신발을 챙기고
오래된 지도를 꺼내 보았는데
발자국으로 표시된 자리마다 파도가 출렁인다

외로운 물고기들이 서로 몸 비빌 때
잃어버린 부표가 떠오른다

지구 어딘가 찍힌 발자국으로
아무가 아무에게 아무를 아물게 하는 저녁
모퉁이는 잡히지 않고
낙서 가득한 얼굴들만 가득하다
읽어 내지 못한 감정에
다시,
발밑에서
꽃들이 진다

손잡이 없는 문을 열 때마다
당신의 어딜 만져야 할지

어제부터 회전목마는 멈추지 않고
대화가 필요한 밤에
안으로 들어가지 못한 신발만 가득하다

때론 내가 아닌 다른 누구이고 싶을 때가 있다

종이에 글씨를 눌러쓰면
꾹꾹 누르던 표정이 떠올라 공책을 덮고
공책은 당신을 지우고
또 지우다가
책상 밑으로 숨고

산에서 산으로 번지는
당신, 붉게 밑줄 긋고 가는
당신, 지진처럼 꽃피다 사라진

싱크홀처럼 꽃들이 진다

신이 숨겨진 지뢰를 밟아 사방으로 터져 버린 걸까

서서갈비

휘어진 갈비뼈 같은 골목에
맨몸으로 건물이 비 맞고 서 있다

물웅덩이가 드문드문 생길 때
좁은 통로를 뚫고 사람들이 모여든다

붉은 살점이 익어 가는 시월

드럼통 속 연탄처럼 연기를 뿜어내며
우리의 대화도 타들어 간다

아무 말 하지 않고 넌 고기를 굽는다
여러 번 뒤집으면 육즙이 빠진단 말이야

살점 뜯으며 잘근잘근 씹어 대는 입술
버려진 갈비뼈가 날 닮았잖아

충혈된 눈동자 같은 불빛 속에서 질문을 던진다

우리 사이에 무엇이 만져질까

여전히 우리에게 의자가 없다

파랑과 파란

동그라미를 친다
당신은 내가 살고 싶은 나라

들숨과 날숨 반복하듯 천문대 옥상에 불던 바람, 나란히 걷던 나무 계단의 삐걱거림, 그럴수록 꽉 잡아 주던
싱싱한 과일을 꺼내는 손
껍질을 까는 손가락
당신 입술
한 뼘 더 가까이 미풍에 펄럭이고 싶어서, 우린 북쪽 하늘 별자리에 같은 소원을 빈다 별 볼일 없이 살다가 별일 없이 사라진, 뒤돌아보다가 미끄러진, 미아 찾기 전단 속 이목구비 뚜렷한 아이가 떠오른다 꽃으로 변명하는 계절이 오고 어릴 적 부모님 손잡고 걷다 자주 멈춰 선 길
그곳에 놓아 버린
손목시계
체크 셔츠의 단추
내 곁에 머물던 얼굴이 지워질 차례

당신은 거기서 파랑을 낳고 난 여기서 파란을 낳겠지

안부가 궁금할 때쯤 로마식 화장실에 동그랗게 앉아
불행하지 않게
부끄럽지 않게 간격 좁히며

울고 있는 당신은 파랑새 혹은 오래전 잃어버린 파란 스웨터
네 이름 부르고 싶어, 라고 마음껏
짙고 질긴 발음 누르는 목소리
축하해 줄 수 있을까, 라고 홀로
이미 저지른 질문 쏟아 내는 새벽

다른 사람이 사는 나라
당신이라는 말은
이젠 파랑 일어나 파란 일으키는 타국의 말

다이빙

당신이 날 사랑하지 않는다는 걸 안다

어둠 속에서 살갗이 스치고
조금씩 식어 가는 귀퉁이가 만져지고

아무 대답 없이 늘 잔잔한 얼굴로
나를 걸어 두는 당신

허공에서 펄럭이는 기분을 드문드문 새들이 읽어 준다

높으면 높을수록 당신에게 깊게 파고들어 갈 수 있겠지

누구도 말릴 수 없는 높이에서
차가운 마음에 발목을 걸고
세상을 뒤집는다

그걸 지켜보는
사람들이 대단하다며

당신을 향한 내 떨림을 올려다본다

원한다면 더 올라갈 수 있어
언제라도 짜릿하게 뛰어내릴 수 있으니까

젖은 머리카락은 말려 주지 않아도 돼

백탕

잠깐의 겨울을 지나 따뜻한 날씨를 붓고
널 우려내려 애를 썼지
찻잔처럼 아늑한 공간이 꽉 차도록 온기를 붓고 기다렸어

우리가 가장 가깝게 닿았던 때가 언제였더라

왼손으로 너를 받쳐 들고 오른손으로 감싸 쥐고
네 얼굴을 처음 자세히 들여다봤는데

한 줌의
나도 한때 그 시절 그 공간에 있었네

작은 풀잎 같은 널 여러 번 우려낼수록 점점 우리는 시간이 길어졌다
맞은편에서 불편하게 만드는 게 불편해서
뜨겁게 올라온 네 곁에 앉아 따라 주다가
가득 찬 눈망울이 선을 넘어
아래로
아래로

흘
러
내
렸
어

조용히 일어서서
캄캄해지는 시간을 씻고 닦아 내다, 벽에 기대 한동안 머물렀지

함께 목을 부둥켜안고 바스락거리는 기차를 타고
처음으로 돌아갈 수 있을까

입 안에 머물던 공기를 씻어 내기 위해 다시 따뜻한 날씨를 붓고
아무도
아무것도
아무 일도 없는 듯 시치미를 떼고
그릇장 속 다기들처럼 지낼 수 있을까

나직한 목소리처럼 날씨가 끓고 있다

파양 罷養

주말마다 장르를 바꾸길 원했지만
주말마다 장소만 바꾸던

사랑하는 사람 얼굴을 보다가
과일을 베어 물 듯, 아플 수도 있겠다

돌 위에 앉아 관계를 깨는 일

새장을 나가려는 새처럼

달력의 검은 글씨를 오리며 놀던 네가
이젠 검은 글씨를 쓰며 노는구나

멈춰 있는 말들 앞에서

대답하지 못할 때
잃어버리는 것은 죄가 아니다
살아가는 것이 부끄러울 때

일부러 길을 잃어버린 척했다

더없이 슬픈 자장가를 들려주다가

이가 부러지는 꿈을 꾸었다

거기서 네가 넘어졌다
쏟아지는 안개가 저절로 해독되는 밤

우린 늘 오해가 많았다

수국

물을 껴안은 해안도로가 단단하게 엎질러 있다

어디로 망명해야 할지 모를 파도가 뒤척일 때
얇은 몸짓으로 빠르게 헤엄쳐 오는 물거품

검은 돌담에 기댄 거미줄처럼
가난한 거리에서 서로를 더듬고 바스락대다가
길어진 장마를 탓하다가
애인이 애인을 만들어 버리고
금이 간 유리병에 담겨 파란 비늘을 파닥인다

잘려 나간 줄기가 수평선을 가리키면
아무것도 기억 못 하는 눈동자처럼 배가 지나간다

함께 길 잃어도 다정했던 섬에서
무심하게 시들어 버린 그늘을 훔쳐본다

쉼표의 감정

그림자가 길어질 때 우린 가던 길을 멈췄다

여기서 저녁을 배웅하자

어서 외투를 입어

차가운 물빛이 당신의 이마에 흘렀다

물끄러미

기울어진 살결 담아내기 위해

나는 지문을 지우고 있는 의자를 건넸다

,

이젠 실컷 소리 내어 울어도 좋아

회전목마

똑같은 이야기를 처음 하는 것처럼 말 걸어요
계속 말 거는 걸 보니 말이 안 되는 상황인가요

휘청거리는 얼굴로
아침을 처음 보듯이
오늘은 말이야
오늘은 말이야

첫 문장으로 시작해서 끝 문장으로 가는 길을 잘 모르나 봐요

신호를 볼 줄 모르거나 신호를 지키지 않는 습관이 있나요 어제 봤던 아이를 알아보지 못하고 길게 선을 그어 놓고 돌아가네요

주머니에서
젖은 나무를 꺼내 놓고
오늘은 말이야
오늘은 말이야

왜 했던 말을 또 하나요
한 방향으로만 돌아 페인트가 벗겨졌어요
속마음 들키기 싫어 커다란 우산을 쓰면
가려질까요 숨길 수 있을까요
우리가 헤어질 때도 항상 비슷한 이유로 헤어졌잖아요

3부

우린 앵무새를 키우고 싶었다

착시

앙상한 어둠을 끌어다 덮고
그림자놀이를 한다

위가 좋아? 아래가 좋아?
난 위가 좋아
왜?
아래는 답답하잖아

난 아래가 좋아
위는 떨어질 것 같아

길가에
비상등 불빛이 부딪친다

물의 방

덜 외롭고 싶어
물방울들이 모였다

그 방에서
우린 앵무새를 키우고 싶었다

책 모퉁이를 접고 바쁘게 움직이지 않았다
무거운 가방을 잠시 내려놓았다

날마다 뛰어든 물의 방,

따뜻했다
여럿이 오래 머물렀다

밖에 비가 그쳐도
서로 새어 나가지 않았다
같이 살을 맞대고

땀 흘리는 물방울의 이마를 만졌다
물방울은 눈물방울이 되었다

누군가 컵을 가져왔고
모두 따라 버렸다

빈방이 되었다

둥근 창문

기념일이 그냥 지나간다 유리를 닦는다 단단한 껍데기처럼 마주 대고 있지만 언제 깨질지 모르는 사이, 창에서 문으로 살아간다

나는 창문을 믿는다

투명한 것은 죄가 없다
한 겹의 흰 커튼이 안과 밖을 덮는다

몸속 돌을 꺼내 놓고 등장인물이 하나둘 사라진다

골목을 머뭇거리다 무대 위에 남아 있는 포도나무가 떨어져 죽은 포도를 내려다본다 사라지거나 다시 생겨난 알갱이를 찾다 한쪽 창을 가리고 다른 한쪽 창을 비빈다 우린 늘 텅 비지 않고 나는 왜 너여야 하고 너는 왜 내가 되어야 하는가 구겨진 알갱이처럼 흐린 날씨가 되어 바닥에 던져진 글씨를 읽고 또 읽는다

뾰족한 조각들이 서성인다

흐릿한 식물들이 자라는 둥근 창문에 어둠이 온다 검은 바둑알과 흰 바둑알이 어둠 속에서 다정해진다 느릿느릿 고요하게 손을 모으고 빈칸을 만든다 여백 안에서 바둑알이 꿈틀거린다 진짜 대화는 말하기가 아니라 듣기라는 사실을 두 개의 창문은 안다

우린 플라스틱 의자에 앉아 검은 안경을 쓰고
한참 닦지 않은 이창裏窓*을 떼어 내 닦는다

* 앨프리드 히치콕 감독의 영화, 〈Rear Window〉, 1954

안부 총량의 법칙

인사는 인사를 끌어당기고
입의 나라에서 덜 익은 안부가 오간다

가끔, 입의 나라에 끌려가 맛없는 음식을 함께 먹을 때가 있다

안녕은 안녕으로 둥둥 떠다니고 잘 지내는 잘 지내로 싱겁게
간을 맞춘다 괜찮아는 괜찮아로 딱딱하게 뭉친다

안부를 전할 때
내가 원하는 사람이 끌려오거나 끌려가거나
슬픔 없는 애도를 살그머니 내려놓고
뒤적거리는 소리가 들린다

우리가 하루에 쓸 안부의 총량은 정해져 있다

안부가 길어지면 어려운 부탁이 따라온다

입에서 입으로 연주하듯 걸어 다닌다

안부가 빵처럼 부풀어 오른다

그럴 리가 없다는 그럴 리가 있다로, 잘 돼 간다는 잘 될 리 없다로, 마음에 들지 않는 것을 마음에 드는 것으로 착각하게 만드는 목소리
치아 사이에 낀 음식물이 쉽게 빠지지 않는 것처럼 불편하다

다음에 보자는 여운을 만들고 떠난다

얼룩이 지워지지 않는다

다다르다

둥근 열차를 타고 여행을 떠났다
역에 닿을 때마다 잠시 멈춘 풍경을 사랑했다

가끔 폭우가 내려 사슴이 두리번거리다가 사라지는 걸 봤다

잼에 설탕이 많이 들어간다는 걸 알면서도
사계절 내내 과일청을 만들었다
과일의 얼굴이 무너져 내릴 때
사람들이 몰려와 숟가락을 들었다

매일매일 비누가 야위어 갔다

낮과 밤이 오가는 동안 객지에서 예배를 드리고
장례식에 부르고 싶은 이름을 떠올렸다
얼굴 뒤에서 몰래 울고 있던 침묵을 들었다
금방 소매는 마르고 돌아보면

너무 멀리 가지 말라던 이웃이 선로 위에서 손을 흔들었다

객실에 앉아 편도 열차표를 어루만지다가
쓸모없는 물건을 모두 꺼내 놓고 내렸다

관람객

동물원도 아닌데 나무도 없는데 마트 안에서 새소리가 들렸다. 인조털을 달고 있는 플라스틱 새가 아닐까. 아니면 창밖에서 잘못 날아든 새인가. 누군가에게 걸려온 핸드폰 벨소리가 아닐까. 수많은 장난감 상자가 쌓인 벽 모퉁이를 돌아, 무작정 무대로 뛰어들어 배우 손을 잡아 보려는 관객처럼 새의 모습을 확인하고 싶었다.

여긴 동물원도 아닌데
나무도 없는데
숲도 아닌데
마트 구석에서 새장 속 새를 사 달라고 떼쓰는 아이

엄마는 아이에게 수족관 속 열대어로 시선을 돌리려고 애를 썼다. 그 옆 꽃게들은 왼쪽과 오른쪽 유리벽을 더듬으며 미끄러졌다. 가끔 거북이가 고개를 내밀었다. 아쿠아리움도 아닌데 바다도 아닌데 작은 거북이가 이끼 낀 돌 틈으로 숨고 있었다. 수족관에서 공기 방울만 뱅글뱅글 돌다가 수면 위로 올라와 터져 버렸다. 얼마 전 대형 아쿠아리움에서 장난치며 공기 방울을 만들던 벨루가가 세상을 떠났다는 소식을 들었다.

여긴 아쿠아리움도 아닌데
바다도 아닌데
모래사장도 아닌데
마트 구석에서 수족관 속 거북이를 사 달라고 떼쓰는 아이

바닥에 주저앉아 울던 아이가
붉은 눈으로 바라보던 토끼와 눈이 마주쳤다.

북극도 아닌데 북극곰을 본 적이 있다. 곰보다 몸짓이 큰 코끼리가 사람을 태우고 쇼 부리는 모습을 본 적이 있다. 코끼리보다 더 쇼를 잘하는 돌고래와 차가운 입맞춤을 해 본 적이 있다. 돌고래보다 더 차가운 뱀을 목에 감고 자랑스럽게 사진을 찍어 본 적이 있다. 사진을 찍다가 인공연못에서 물고기들에게 먹이를 던져 준 적이 있다. 살진 생선이 밥상에 올라와 맛있게 먹어 본 적이 있다. 꿈속에서 살이 다 발라진 생선 눈동자와 싸우다가 이불을 끌어당겨 본 적이 있다. 가끔 흰고래가 옆에 누워 축축한 몸을 뒤척인 적이 있다.

오후 3시, 기타 줄이 흐르는 소리

C/G7

지도에 지층이 자란다 기록을 멈추지 않는 지문으로 초조한 몸을 말고 땅의 소리를 듣는다 파닥파닥 맥박 소리가 들린다

C

손에 닿는 풍경을 더듬어 느, 리, 게, 걸어 본다
물줄기를 따라 출렁이는 박자에 맞춰서

E

유랑하던 모래톱 위치를 바꾸면
아무도 모르게 주는 상처가 피듯

F

여기가 어딘지 알 수 없다 그저 통로 갈라진 틈에 엽서를 끼워 넣고 오후 3시의 신음을 이해하고 싶다 악보는 온갖 표정으로 달랬지만, 연흔 때문이었을까 목에서 나오는 소린 몹시도 가려웠다 흙탕물이 창궐해 입은 허물어지고 코는 휘어지고 귀는 막히고 눈은 침식되고

C
손끝 딱딱하게 잡히는 퇴적층을 떼어 내지 못한 채
빈 병 안에 숨어 가만히 강물을 만졌다

D
난 분실물처럼 슬퍼지고 말았다

G
목적지 없이 휘청거리거나 혹은 밑바닥으로 가라앉거나, 어쩌다가 뾰족하게 생긴 물건들과 충돌하게 되면 항상 힘찬 연어가 거꾸로 이끌어 주었다. 뒤로 걷는 연습이 필요했던 거다

F
살고 싶지 않을 때마다 왜 급한 일이 생길까

C
지도를 반듯한 몸통이 되도록 눕게 한 것을

깨우기 위해 손끝에 힘을 준 식지 않은 목소리
수많은 길 찾아 두드리고 두드려도
어디로 울어야 할지
어디로 이해해야 할지

E
발이 구두에 들어가지 않는 아픈 꿈을 꾼다 비겁하게 울기보다 음계陰計를 구부려 소리가 내 몸에 말 걸도록 하자
갑자기 말하기 싫어지면 무음으로 서 있자
그냥 옆에 있어 주는 것이 가능하게

F
뒷모습을 질기게 붙들고
서쪽 방향을 따라 흐른다
조용히 타오르는 수평선 끝엔 항상 네가 있었는데

C
차가운 계단은 흉터 생기기 쉬웠다 사고다발지역에서 과장되

게 턱을 넘다가 더 멀어졌다 이 거리를 버리고 헤어지기 위해 아이스크림을 핥았다 우린 완벽하게 녹아 없어졌다

G7
충혈된 눈에 쉼표를 찍는다
유서 쓰듯 대화하고 싶어지는 오후 3시, 배가 고파진다
사라졌던 얼굴이 여러 겹 모여들고
강 건너는 동안
넘어진 화음은 물고기 뱃속에서 발견할 수 있지만

구구콘

맛집은 입이 만들어 낸 식욕의 알리바이

번호표 들고 파도 소리에 맞춰 기다렸다
수평선 같은 줄이 길게 펼쳐졌다
허기가 돌수록 바다가 그리운 사람들
갯벌에 발 담근 듯 꼬막짬뽕을 먹는 사람들

눈치 없이 4인 테이블에서, 혼자 맵게 먹었다

저녁이 잔잔히 녹을 무렵 소형 슈퍼가 솟았다 어두운 슈퍼 간판엔 야채, 과일, 생선, 담배라고 적혀 있었다 쉰 김치만큼 오래된 밥상을 동그랗게 놓고 밥 먹는 주인 부부가 소리 지르며 다투었다 팔리지 못한 시간이 아이스크림 냉장고에 가득하다 얼음이 된 성에를 탁탁 털어 구구콘을 계산하려는데 부부싸움 중에도 내게 부드러운 인사를 건넸다

길가에서 노모와 함께 수레를 끌던 아들은 누군가에게
어디 날 한번 찔러 죽여 봐

노모는 끌던 수레를 놓고 아들의 옷가지를 잡아끈다

구구콘이 녹는다

돌의 미학

숲에 돌 하나 던져 놓고 기다린다

오랜 세월 동안 공들여 닦고 닦은 돌
누군가 알아볼 때까지 가만가만,
기다림은 나를 약자로 만든다

드디어 지나던 사람이 돌은 본다
원하는 크기가 아니라며
돌을 다시 바닥에 버리고 갔다

한 무리의 사람이 나타나 돌을 감상한다
그들은 내 돌에 대해 평하는 것이 외람된 일이라며
바닥에 돌을 내려놓은 이유를 친절하게 설명했다
돌이 지닌 개성에 대해서 충분히 이야기되었고
여러모로 많은 공이 들어간 돌이라는 점에
모두 동의할 수 있었다고 한다
무엇보다 돌의 질감을 구체적인 모양으로 표상해 내면서
깎아 낸 모양이 돋보였고

돌을 깎고 닦으며 가졌을 마음이 매력적으로 다가왔단다
하지만 한편으로 돌의 그림자들이
상투적으로 느껴질 때가 많아서
돌로 경험해야 할 미학적 새로움을 느끼기에는
다소 어려운 점이 있다며 내려놓았다

돌의 미학을 고민하다가
며칠 밤을 새웠다
현실에서 꿈을 꾸느라
졸음이 쏟아지지 않았다

진흙 속에서 어슬렁거리는 돌 하나를 주워 들어 구겨 버렸다

다시,
돌을 던졌다

돌을 본 사람이 내게 위로하듯 말을 던졌다
돌을 다듬기 위해 보낸

막막하고 외로운 시간들을 떠올리며
정성을 다해 검토했지만
돌의 개성이 저희가 생각하는 방향과는
조금 다른 것 같아 아무래도 가져가긴 어려울 것 같다고

나뭇가지로 허공에 돌을 그려도
누구도 묻지 않았다
등 돌리고

내 몸에는 아직 펼치지 못한 돌들이 많아
계속 자라는 중
계속 돌 던지는 중
오늘도 돌 다듬으러 병원에 간다
탁탁, 돌 조각이 튄다

크래커

배가 고프다. 아침에 눈뜨자마자 어제 먹다 남긴 크래커를 찾는다. 눅눅해도 모든 것이 잘 부서지는 시간. 정기모임에서 수많은 사람과 물결치듯 인사하며 뷔페를 먹는다. 사이좋은 물고기처럼 몰려 있는 사람들이 꽤 비리다. 친구를 만나 디저트를 부드럽게 챙긴다. 몇 조각을 오려 내느라 입 안에 단내가 돈다. 가족과 식탁에 앉아 동그랗게 저녁을 먹는다. 찌개 속으로 안부 없는 숟가락만 붉게 오간다.

그래도 여전히 배가 고프다. 속쓰림에 좋다는 말에 항상 크래커를 씹으며 잠든다. 눈 감으면 음식물이 식도에서 모두 사라지거나 은폐되는 꿈 때문에 매일 밤 베개를 끌어안고 눈을 질끈 감는다.

크래커를 먹을수록 줄어드는 식욕들
여전히 속이 쓰리고 여전히 아프다.
그때뿐이지만
쉽게 부서지는 줄 알면서도
빨리 잊히는 줄 알면서도
우린 그때를 위해 살아간다.

모리타니아 소녀

가끔이 아닌 거의 온종일
낮잠을 챙겨 잘 거예요
아무도 기념하지 않는 날을 위해
매일 달달한 우유를 마셔요
축배 들면서 당신을 기다리죠

바라건대
공룡의 공기주머니처럼
잿빛으로 얼룩진 표면이 갈라져
호흡을 잘해 몸집이 커진다고요

그렇다면 날 알아봐 줄래요

튼살 자국을 따라
모래가 점점 쌓여 가네요
우리 무덤 위로 바스러질 듯
통증이 시작될 때
흩어지는 선을 적당하게 재단해요

그렇다면 날 찾아와 줄래요

이름 없는 양 떼들만 우글거리는
사막에서
식욕이 마구 돋아날 것 같은 신기루
숨 가쁘게 마지막 식사를 끝내고
살찌는 놀이는 이제 그만둘래요

그렇다면 나와 결혼해 줄래요

치아가 없어지는 꿈을
손등을 어깨로 훔쳐보는 꿈을
팔이 여기에 있었는데
정신 차리면
엉뚱한 곳에 가 있는 꿈을
발밑이 허전한 꿈을

난 자주 낯선 꿈을 꾸지요
대체 내게 무슨 일이 일어난 거죠
어디론가 걸어가는 발목을 보네요

가족관계증명서

이름도 기념품이 될 수 있을까

부족을 알리는 소인이 찍힌 날
붉은 글씨 위로 넘어진 삼촌

깨진 술잔에 담긴 잔물결
금 간 곳 밟을 때마다
죄짓고 싶어서

너의 안감이 궁금해
방금 만들어진 얼룩을 보여 줘

해변의 누드 소녀들
어항 속 금붕어 같잖아

꽃대를 꺾다가
감정까지 꺾었단 사실을 알았지
먹다 만 밥에 수저를 꽂고

엄마는 우기에 날 파랗게 낳았는데
강물에 발을 담그면
그때의 비가 내려

다시 마르기 시작한 빨래

신발 앞에서 머뭇거리는 몇 초는
각자 신을 만나기 위한 예의

꿈속에서 여러 문장을 잃어버렸어
서둘러 떠난 애인처럼
손을 꽉 잡는 고아처럼

돌이킬 수 없는 생년월일과
벗어날 수 없는 기록들을
찢어 버릴 수 있을까

껍질을 까 줘 역광으로

비스듬히 휘청거리다가
파닥이는 나의 이력

우거진 숲의 풍경 더듬다가
이글거리는 형제자매여

깊게 박힌 혀로 안부 전할 땐
무겁지만 최대한 낯설지 않게
머리카락을 길러 창문 밖으로
우리들의 라블루흐*를 위해

K열차를 타자,

* leblouh, 비만은 아름다운 신부가 구비해야 할 모리타니아 관습으로서 미와 부의 상징

우리 집에 왜 왔나요

두 개의 목소리로 대화하다가 한 귀퉁이가 허전해져요
귀퉁이를 접고 또 접어도
들리지 않네요

제게 무표정 보이지 말아요
기념품같이 상투적인 모습은 싫어요
오늘도 알약이 가득 든 통을 들고 오시나요
때론 솔직함이 불필요할 때도 있지만
돌아오는 답변은 추상적일 테지만
계속 먹으면 될까요

등 두드리다, 문득
씹을 용기가 없어 조금 더 멀리 다녀왔죠
이제 당신과 조금 멀어질 수 있겠네요

눈이 없어지도록 웃고 싶어요

클수록 혼자 밥 먹는 일이 많아져요 수줍음은 죄가 아니라는

데, 이렇게 숟가락을 드는 제가 낯설죠 그래도 어머니 자궁에서 그랬듯이 편안하고 맛도 좋아요 종종 안기듯 이 식당이 사라지지 않았으면 좋겠네요 깍두기 씹는 소리가 경쾌하게 들리는

내일은 당신의 기일
비행기 소리가 여전히 낮게 들려요
오랜만에 당신 곁에서 낮잠 잘 거예요
이제 다른 사람이 살고 있을 우리 집
그 마당에
그 앵두나무를
그 자두나무를
그대로 뽑아 와도 될까요

수심 어디까지 잠수해야 같은 목소리 지닌 사람을 만날까요 흔하게 살고 싶어요 어디서든 툭툭, 솟은 가로수처럼 그런 간격 보이면서 가끔 2층 창문 들여다보면서 거긴 내가 사랑할 수 있는 사람들 있겠지요

우리 집은 롤러코스터
나의 안전벨트
나의 시선들
나의 껍질
나의 연습문제
나의 안녕

생각 없이 결 따라 움직이며
돌고 돌다가
안전띠를 푸는 우리 집

방문이 열리지 않는 열쇠가 많은 우리 집 계속 그렇게 기웃거리실 건가요 우리 집에 왜 왔나요 힌트 없이 무작정 덜컹이다 떠난 우리 집에 무슨 꽃을 찾으러 왔나요 장롱 속에 여전히 아이가 잠들어 있네요

시의 집

집을 샀다

창가로 햇빛이 들어오는 집
아이도 신이 나는지 노래를 부른다

내가 그리던 풍경 보여 주는
당신 마음 콕 찌르는
장단 잘 맞는

우린 밤마다 찾아가
입주청소를 직접 했다

초대하고 싶은 사람들
이름을 적어 본다

봄은 부재중이야

걸어가네 간신히, 살아가며 나를 기록하지 봄은 부재중이야 나무가 꽃을 낳았다가 삼켰어 꽃들의 족보에 봄은 없다네 향기만 던져 주고 모두 죽었지

꽃이 내준 향기는 곧, 길이 되겠지 보이지 않는 그 길에 벌이 날고 나비가 산책해 세상은 길로 들끓고 있어 그대 내준 길 따라 나 걷지 않아도 가네 느린 오후의 산책은 언어에 취하네, 충돌하네, 비린내가 날 때 봄을 찾을 거야

하늘의 자궁에서 뭉게구름은 뜨겁게 산란하지 눈부셔, 눈물은 건져도 건져 내도 더 깊이 들어가 울어 이 봄을 밟고 이 몸을 핥고 지나가는 무수한 들풀도 흐느껴
사진기로 살아 있는 새들을 빨아들이지 영혼만 숲속으로 갔지 새들도 봄을 모른다 하네 새들도 이탈 중이라 했어

바람은 조용히, 조용히, 부풀어 오른 손을 내밀지

봄, 화장했던 얼굴을 지우고 주름을 그늘에 감추지 수줍지

봄, 기어 왔다가 어느새 뛰어가네
봄, 몸뚱이를 비밀통로에 부려 놓네

맹그로브 숲에서 우리는

물의 메시지를 전송하는 나무 전선들
숲이 삼킨 모든 것에 대한 기록이 보인다

커졌다 작아졌다 하면서
통화가 길어진다
서로가 서로에게 연결된 입술로
오늘의 날씨를 말한다

(찰랑거리는 물결이 발목에서부터 머리 꼭대기까지 차오르는 꿈을 꿨어요)

유배된 노란 글씨가 물 위로 걸어가던 날
사내는 시를 외우고, 여자는 사내를 외운다

깊은 강에 뛰어들어 뿌리를 적시고
같은 방향으로 잠들다 깨어나고
같은 주소를 사용하고

(지도 한 모퉁이에 앉아 같이 쓰지 못한 편지를 써요 식탁엔 꽃이 있다면 좋겠어요 슬픔을 기르려고 애쓰지 말아요)

돌보고 돌보다 돌아보게 됐다

아직 오지 않은 것들이 궁금해도
쫓기듯 떠나는 일이 없도록
물결 따라 찾아오는 걸음을 기록 중이다

물이라는 시간

길게 누운 계단에 앉아
물의 지문을 읽는다

진흙 구름이 차례차례 고요하게 흩어질 때
물속에서 이름 없는 조약돌이 희미하게 흔들리고
우린 물결처럼 웃었다

서로의 얼굴을 뚜벅뚜벅 서성이다가
뭉클,
나뭇가지 같은 발목에 둥근 물선이 생기고
젖은 살갗 위로 한 방울씩 태양이 흘러내렸다

게으른 자세로 검은 바위에 신발을 벗어 놓았다

하얗게 불은 꽃 들고
처음 물 밖에서 고백하던 날
아침을 울컥 토해 버렸다

뜨거운 맨발을 오래 바라보며
우리가 걷던 백사장
푹푹 파이던 서러움을 견딘 시절이 있다

흙의 말

연필을 꺼내 깎는다

칼이 밀어내는 속도만큼
구름이 잘려 나가고
비가 떨어지고

헤어진 연인이 선물해 준 우산을 펼쳐 든다
발이 닿는 곳마다 흙냄새가 난다

먼 곳에 씨를 심었다가 싹을 못 틔운 일이 있다

오래전부터 자라고 있던 손톱처럼
깊게 파고든 뿌리가 흙을 조용히 더듬는다

한 장 한 장 잎을 넘기다가
차례로 통과하는 세계에 밑줄이 생긴다
가지 끝에 매달린 유일한 증거가 열린다

과수원에서 방금 도착한 사과를 씹는다

말의 씨를 삼킨다
흙에서 흙으로 전해지는 맛

팔짱 끼고 아무렇지 않게 걸어가는 사람들
하나의 반죽 덩어리가 되어
유난히 말이 많아지는 날이 있다

낮달

견고해 보이는 바다에서
홀로 노를 젓는다

물결 따라 움직이는
마음을 쓰다가
마음이 쓰인다

붓 자국이 선명하다

파란 인주로 음각 도장 찍듯
지지 않을 흉터가 생겼다

적힌 대로 살지 않는
큰언니라는 책

해설

불안의 꽃

류신(문학평론가, 중앙대 유럽문화학부 교수)

불안의 꽃

1. 이미지가 메시지다

고백한다. 성은주의 시를 읽으면서 독특한 경험을 했다. 성은주의 시는 좀처럼 곁을 주지 않았다. 시의 곁으로 한 발 가까이 다가가면, 텍스트는 입을 앙다문 채 나를 뚫어지도록 쏘아보곤 했다. 성은주의 시와 비평적 교감을 나누려고 이런저런 말을 걸어 봐도 시는 냉랭하게 응대하면서 중언부언하는 내 얼굴을 응시하고 있을 뿐이었다. 나로서는 요령부득이었다. 나를 똑바로 바라보는 시의 시선이 차갑고 낯설었다. 그래서 접근 방법을 바꿔 보았다. 시의 배후에 숨은 메시지를 파악하는 데 여념이 없었던 비평적 자아를 단념했다. 진의가 숨어 있다고 확신했던 시의 내부를 해부하고자 휘둘렀던 분석의 메스를 내려놓았다. 해석이란 명분 아래, 시 속에 나의 관점을 주입하려던 영세한 시 독법을 포기했다. 그리고 나를 응시하는 성은주 시를 천천히 응시하기 시작했다. 그러자 시는 내게 눈빛으로 말하기 시작했다. 모종의 표정으로 내게 어떤 신호를 타전하기 시작했다. 특정한 몸짓으로 자신의 의사를 표현하기 시작했다. 눈빛과 표정과 몸짓이 함께 빚어내는 매혹적인 풍경이 성은주의 시 텍스트의 계면(界面)으로 떠오르기 시작했다. 성은주의 시가 이미지를 통해 발화하는 순간을 포착한 것은 행운이었다. 그렇다. 성은주의 시는 이해의 대상이라기보다는 지각의 대상이다. 성은주의 시는 '근본적인 마주침'의 대상인 것이다. 왜냐하면, 성은주의 시는 이성의 논리로 좀처럼 간파될 수 없는 이미지의 치밀한 몽타주가 독자가 감각의 사유를 하도록 강요하기 때문이다. 요컨대, 성은주의 시에서는 독자를 향해 육박해 오는 이미지가 전언을 창조한다. 이미지가 풍요로운 이야기를 생산하는 것이다.

2. 높으면 높을수록 당신에게 깊게 파고들어 갈 수 있겠지

「다이빙」은 성은주 시집에 실린 작품 가운데 단연 수작이다. 세계가 주체에게 밀착해 들어오는 결정적인 순간의 한 장면을 '근본적인 마주침'이라고 한다면, 「다이빙」에서 독자가 맞닥뜨린 근본적인 마주침의 사태(이미지)는 무엇인가? 이 작품에서 성은주 시인이 형상화한 독보적인 세계가 독자의 감각에 미친 영향은 무엇인가? 개념적 사유 이전에 감각을 통해 수용된 이미지는 무엇인가?

하나의 운동 이미지가 압도적이다. 높은 곳에서 힘차게 도약해 입수하기 직전 공중에 거꾸로 선 다이빙 선수의 모습이, 독자가 마주친 회피할 수 없는 근본적인 사태이다. 여기서 흥미로운 지점은, 이 하강의 속도 이미지가 이 작품의 주제인 사랑의 본질을 사후 추인한다는 것이다. 부연하자면, 허공을 가르는 다이빙의 선연한 동선에서 사랑에 대한 시인의 성찰이 전개된다는 것이다. 전문을 인용한다.

당신이 날 사랑하지 않는다는 걸 안다

어둠 속에서 살갗이 스치고
조금씩 식어 가는 귀퉁이가 만져지고

아무 대답 없이 늘 잔잔한 얼굴로
나를 걸어 두는 당신

허공에서 펄럭이는 기분을 드문드문 새들이 읽어 준다

높으면 높을수록 당신에게 깊게 파고들어 갈 수 있겠지

누구도 말릴 수 없는 높이에서
차가운 마음에 발목을 걸고
세상을 뒤집는다

그걸 지켜보는
사람들이 대단하다며
당신을 향한 내 떨림을 올려다본다

원한다면 더 올라갈 수 있어
언제라도 짜릿하게 뛰어내릴 수 있으니까

젖은 머리카락은 말려 주지 않아도 돼

- 「다이빙」 전문

시적 화자인 '나'는 이미 결별을 직감하고 있다. 상대방이 자신을 사랑하지 않는다는 기정사실에 대한 명백한 인식과 단정("당신이 날 사랑하지 않는다는 걸 안다")에서부터 시는 출발한다. 2연은 시적 화자가 이렇게 확신하는 사정을 설명하는 대신에 하나의 촉각적인 이미지를 제시한다. 일반적으로 연인 사이의 신체 접촉("살갗이 스치고")은 애정의 열정으로 이어지기 마련이다. 하지만 이 둘 사이에서 체감되는 것은 관계의 사늘함이다. 사랑의 밀어를 속삭이던 연인의 귀 언저리에서 온정이 감지되지 않는다. "조금씩 식어 가는 귀퉁이가 만져"질 뿐이다. 이 냉담한 관계는 3연에서 소통의 부재로 이어진다. 파트너의 얼굴에서 좀처럼 인간적인 표정이 발견되지 않는다. 대화의 의지도 없어 보인다. "아무 대답 없이 늘 잔잔한 얼굴로" 시적 화자인 '나'를 응시할 뿐이다.

하지만 '나'의 상황은 상대방의 입장과 다르다. "당신"은 나를 외면하지만 나는 여전히 "당신"을 사랑한다. 이 둘 사이의 간극에서 비극이 발생한다. "당신"의 절대 흥분하지 않는 일관된 태도("늘 잔잔한 얼굴")가 "당신"을 향한 나의 욕망을 추동한다. "당신"의 외면이 나를 공중으로 도약하게 만든다. 그렇다. 내가 다이빙할 수 있는 동력은 바로 "당신"이다. 내가 머리를 수면으로 향한 채 공중에 거꾸로 매달려 있게 된 사태의 근원은, 당신을 향한 지독한 사랑이다. 성은주 시인은 이 모순적인 사태를 "나를 걸어 두는 당신"이란 표현으로 시화한다. 잔인하지만 아름다운 시적 상상력이라 하겠다.

4연에서는 허공에 거꾸로 매달린 나의 기분을 묘사한다. 당신의 의사와 관계없이 당신의 심중을 향해 주저없이 뛰어드는 내 마음은 여전히 설렌다. 하지만 바람에 펄럭이는 깃발처럼 당신을 향해 약동하는 나의 오롯한 마음("허공에서 펄럭이는 기분")을 가끔 어쩌다("드문드문") 인정해 주는 유일한 친구는 "새들"뿐이다. 하늘을 자유로이 날 수 있는 새들의 농담 같은 동정이 곧 하늘에서 추락할 나의 처지를 더욱 불우하게 만든다.

5연은 이 작품의 중축이다. 이 시의 주제이자, 시적 화자가 다이빙을 시도하는 의도가 요약되어 있기 때문이다. 낙하의 가속도를 올리면 물속으로 더 깊이 들어갈 확률이 높아지는 법이다. 시인은 중력가속도의 법칙에서 사랑의 원리를 읽어 낸다. "높으면 높을수록 당신에게 깊게 파고들어 갈 수 있겠지". 사랑은 때론 나약한 인간을 대담한 용사로 바꾼다. 사랑은 위험을 무릅쓰고 어떤 일을 감행하는 용기를 발휘하게 만든다. 이것이 사랑의 기적이다. 고소공포증도, 추락의 어지러움도 다이빙을 제어할 수 없다. 그래서 사랑의 곡예는 아슬아슬하다.

이 사랑의 힘이 6연에 잘 표현되어 있다. 시적 화자는 이제 "누구도 말릴 수 없는 높이"로 서슴없이 올라간다. 잠재적인 위험성이 높아진 만큼 당신을 향한 욕망의 리비도도 점점 강해진다. 당신의 냉정함이 나의 다이빙을 계속 추동한다. 당신의 "차가운 마음"이 나를 공중에 거꾸로 서게 만든다. 애정에 미움의 감정이 뒤섞이는 순간이다. 당신을 향한 애증이 점점 깊어지기 시작하면서 사랑의 감정은 세상을 전복할 수 있는 혁명의 에너지로 증폭된다. 다이빙을 하는 동안 세상은 거꾸로 보인다. 여기서 성은주 시인은 다이빙이 "세상을 뒤집는다"라고 상상한다. 다이빙을 통해 고착된 관계를 혁파할 수 있다는 시인의 발상법이 참신하다.

7연에서는 시선의 전환이 발생한다. 다이빙을 지켜보는 관중들의 모습이 클로즈업된다. 관중들은 높은 곳에서의 공포감을 극복하는 용기와 창공을 나는 호쾌함에 갈채를 보낸다. 관중들은 힘찬 도약 후 창공에서 몸을 뒤틀며 펼치는 나의 필사적인 연기("당신을 향한 내 떨림")를 우러르며 "대단하다"라고 경탄한다. 그럴수록 나의 호연한 기운은 거침없이 올라간다. 당신을 향한 나의 갈망은 간절해진다. 결별을 직감하면서도 당신이라는 '수심'으로 수직 낙하하려는 욕망은 증대된다. 당신이란 존재는 여전히 나의 몸과 영혼을 자극한다. 흥분되고 떨린다. 나는 기꺼이 더 높은 곳에서 다이빙할 준비가 되어 있다. 그래서 나는 이런 객기를 부린다. "원한다면 더 올라갈 수 있어/ 언제라도 짜릿하게 뛰어내릴 수 있으니까".

급기야 마지막 9연에서 나는 당신에게서 어떠한 연민과 동정도 기대하지 않는다고 선언한다. "젖은 머리카락은 말려 주지 않아도 돼". 나는 당신의 따뜻한 마음속으로 입수할 수 없음을 잘 알고 있다. 내가 입수하는 곳은 차가운 물속일 뿐이다. 하지만 이 차가운 물도 나를 각성시킬 수 없다. 나는 다시 당신을 향해 저돌적으로 뛰어들기 위해 한 발 한 발 계단을 올라갈 것이다. 이것이 사랑의 부조리한 힘이다. 요컨대, 사랑은 상대방을 온전히 소유하고 싶은 자신의 욕망이 잘못된 것임을 알지만, 동시에 자신이 상대방에게 투사하는 사랑의 가치가 절대적임을 맹신하는 유아론자의 동어 반복적 담론이다.

여기서 주목해야 할 지점은, 시적 화자인 '나'의 이 필부지용(匹夫之勇)에 가까운 무모함 속에 불안의 감정이 깊이 똬리를 틀고 있다는 사실이다. 불안은 욕망의 하인이다. 당신을 향한 나의 욕망이 증폭될수록 이와 비례해서 나의 사랑이 실패할 수 있다는 억압된 불안감은 증폭된다. 그래서 사랑의 감정에 포로가 되는 순간, 사랑하는 사람을 위해 자신의 소신이나 가치관을 기꺼이 포기한다. 상대방을 붙잡아 두기 위해 자신을 자발적인 노예 상태에 빠뜨리는 모험을 감수한다. 불안은 언제나 억압된 것의 반복적 귀환을 수반한다. 그래서 나는 더 높은 곳으로 올라가 다이빙한다. 내가 공중에서 펼치는 다이빙 연기, 즉 "당신을 향한 내 떨림" 속에서 나의 사랑이 실패할 수 있다는 두려움이 요동치고, 이별의 압박감이 암약(暗躍)한다. 그렇다. 성은주의 시에서 이미지는 시적 메시지를 압축하는 장치 그 이상이다. 이미지는 시를 장식하는 오브제로 머물지 않는다. 이미지는 시의 주제를 발화한다. 성은주의 시에서 이미지와 의미는 분리되지 않는다. 이미지가 곧 메시지인 것이다.

3. 멀어진다는 것은 찢겨 나간다는 것

「다이빙」에서는 상승과 하강의 대조 이미지가 지배적이라면, 「포르트-다」에서는 사라짐(부재)과 돌아옴(현존)의 교차 이미지가 압도적이다. 시의 제목 '포르트-다(fort-da)'는 프로이트가 한 살 반 된 자신의 손자 에른스트를 관찰하던 중 발견한 작은 놀이에 붙인 이름이다. 손에 잡히는 물건은 무엇이든 집어 던지는 습관이 있는 하인리히가 실이 감긴 나무 실패를 멀리 던지고는 '포르트(fort: 사라진, 가버린)'라고 옹알거리다가, 다시 실을 잡아당겨 실패를 손에 잡으면 '다(da: 여기에, 현재 이 자리에 있음)'라고 외치는 놀이를 보고 지어 준 명칭인 것이다. 프로이트는 실감개를 아이의 어머니로 치환하여, 손자가 고안한 이 실패 놀이를 아이가 어머니의 부재를 연습하는 게임으로 해석한다. 부연하자면, 아이는 실패를 던졌다가(fort) 끌어당기는(da) 행위를 능동적으로 반복 수행함으로써 어머니의 오고감을 지켜보기만 하는 비주체적인 수동성에서 벗어나 주체의 능동성을 확보할 수 있다는 것이다. 말하자면 아이는 실패 놀이를 통해 어머니와의 결별의 압박감에서 해방되어 어머니의 부재와 현존을 주체화할 수 있다는 것이 프로이트의 해석인 것이다. 하지만 이것은 프로이트 박사의 가설일 뿐이다. 이론이 늘 현실에 관철되는 것은 아니다. 이론과 실천의 괴리는 상존한다. 과연 우리는 이별을 연습할 수 있는가? 우리는 이별과 만남을 반복적으로 체험하게 해 주는 시뮬레이션 놀이를 통해 "사랑하는 나의 님"(한용운 「님의 침묵」)과의 이별을 완성할 수 있는가? 이 질문에 대한 가장 아름다운 반론을 성은주의 「포르트-다」는 가슴 쓰린 이미지로 이렇게 보여 준다.

그녀의 팔엔 작은 바늘땀 같은 무늬가 있다
푸르게 번진 팔을 휘두르며 어딜 자꾸 가시나요

차가운 회전문 밀고 들어가 반나절 숨어 버린 그녀
나는 문이 돌아갈 때마다 두리번거리며 서성였다

긴 시간 풀었던 실을 몸에 칭칭 감고 나타났다가
흰 이불을 뒤집어쓰고 다시 숨어 버린 그녀

중환자실 문고리 잡고 ———————— 서

멀어진다는 것은 찢겨 나간다는 것

플라스틱 실패가 앙상해져도 그녀는 돌아오지 않았다
떨어진 단추 빈자리에 실밥 같은 잔디만 올라왔다

-「포르트-다」 전문

추측건대, 시적 화자인 '나'는 중대한 수술을 앞둔 "그녀"(어머니)와의 이별과 직면해 있다. 1연에서는 장기 입원한

환자들의 팔에서 볼 수 있는 주사 자국의 이미지가 환자의 고통과 간호하는 자의 슬픔을 선명하게 시각화한다. 팔에 주사를 많이 맞아 푸르게 피멍이 든 자국을 시인은 "작은 바늘땀 같은 무늬"로 형상화한다. 바늘땀은 바느질할 때 실을 꿴 바늘로 한 번 뜬 자국을 뜻한다. 이렇게 보면, 어머니의 팔에 푸르게 번진 바늘땀은 환자를 돌보는 시적 화자의 가슴에 맺힌 슬픔의 자국을 상징한다. 한편 2연은 수술실로 들어간 어머니와 수술실 앞에서 반나절 넘도록 환자를 노심초사 기다리는 시적 화자의 모습을 보여 준다. 응급한 수술인 모양이다. 여기서 시인은 수술실로 들어간 어머니를 "숨어 버린 그녀"라고 표현하고 있다. 프로이트의 '포르트-다' 놀이를 의식한 다분히 의도적인 단어 선택이라 하겠다.

3연에서는 사라졌던 어머니가 다시 돌아오는 순간이 묘사된다. 여기에서도 다시 '포르트-다' 모티브가 등장한다. 아이가 실패를 던지면 실패에 감겨 있던 실이 풀린다. 하지만 다시 실을 잡아당기면 풀리던 실이 다시 실패에 돌돌 감기며 실패가 되돌아온다. 이런 포르트-다 놀이에 빗대어 시인은 수술을 마치고 온 어머니의 귀환을 "긴 시간 풀었던 실을 몸에 칭칭 감고 나타났다"라고 표현한다. 하지만 어머니의 사라짐은 즐겁게 되돌아오는 미래에 대한 필연적인 예비 조치로 기능하지 않는다. 현존하는 어머니는 다시 부재한다. 나타났던 어머니는 다시 숨어 버린다. 그렇다. 어머니는 의식불명 상태에서 중환자실 침대에 “흰 이불을 뒤집어쓰고” 다시 사라진다. 이때 시적 화자는 “멀어진다는 것은 찢겨 나간다는 것”을 통렬히 깨닫는다. 그렇다. 이별은 연습을 통해 완성되지 않는다. 관계의 완전한 유리(遊離)는 불가능하다. 이별은 너와 나의 완벽한 절연이 아니다. 이별은 나에게서 너의 살점이 찢겨 나가는 고통의 사건이다. 어머니는 내가 실을 잡아당기면 다시 되돌아오는 실패가 아니다. 어머니는 나의 몸에서 찢긴 내 살의 일부이다. 이별은 놀이의 대상이 아니라 실존의 사건이다. 이별은 하나의 살점이 둘로 갈리어 찢기는 유물론적 사건이다. 내 몸에서 찢긴 살점을 다시 온전히 내 몸에 붙일 수 없듯이 풀린 실을 아무리 되감아도 사라진 실패는 되돌아오지 않는다. 6연에서 시인은 이런 결론을 내린다. “플라스틱 실패가 앙상해져도 그녀는 돌아오지 않았다”.

「포르트-다」의 마지막 시행은 어머니의 부재를 연습하는 데 실패한 나의 불안한 내면을 보여 준다. 프로이트는 자신이 능동적인 주체가 되어 어머니와의 분리가 낳은 외상적 경험을 극복할 수 있다고 주장했다. 하지만 성은주 시인의 생각은 사뭇 다르다. “중환자실 문고리 잡고” 있는 나는 무(無)에 직면한 소외된 실존이다. 어머니의 부재와 현존 사이에서 혼란스러운 두려움과 뒤섞인 통제하기 어려운 심리적 압박감을 느낀다. 나는 이제 자신의 리비도를 고정할 대상을 상실했다. 요컨대 나는 “떨어진 단추”에 불과하다. 이렇게 보면, 원래 단추가 달려 있던 옷은 어머니를 상징할 터이다. 여기서 시인은 단추가 떨어진 옷의 "빈자리에 실밥 같은 잔디만 올라왔다"라고 쓰고 있다. 이 실밥의 이미지는 1행의 바늘땀 이미지와 내밀히 조응한다. 실밥은 옷 솔기 따위에서 뜯어낸 실의 부스러기나 꿰맨 실이 밖으로 드러난 부분을 뜻한다. 나아가 실밥은 수술한 곳을 꿰맨 실이 겉으로 드러난 부분을 암시한다. 이런 맥락에서 보면, 실밥은 수술 후 봉합된 어머니의 상처 자국이자 나와 헤어져야만 하는 어머니의 슬픔의 흔적이다. 그러므로 이 실밥은, 내가 어머니의 부재를 연습하는 데 성공하지 못했듯이, 어머니 역시 나와의 결별을 완성하지 못한다는 점을 상징한다. 이 실밥의 이미지는 다시 잔디와 직유법으로 연결된다. 그리고 어머니의 옷에 돋은 "실밥 같은 잔디"의 이미지(6연)는 바늘땀 같은 무늬가 푸르게 번진 어머니의 팔 이미지(1연)와 교응(交應)한다. 이 시의 매력은 1연과 6연의 이미지가 수미상응하면서 시의 주제를 효과적으로 발화하는 데 있다. 이 시의 주제는 한용운의 「님의 침묵」의 시구로 이렇게 요약될 수 있을 것이다.

> 아아, 님은 갔지만 나는 님을 보내지 아니하였습니다.

이별의 아픔은 부재의 연습을 통해 극복될 수 없다. 대상을 향한 정념은 그 대상이 없어졌다고 해서 가뭇없이 사라지지 않는다. 요컨대 「포르트-다」는 실패를 멀리 던지는 아이의 속마음에 대한 프로이트의 아래와 같은 해석에 불복하는 항소장이다.

> 그렇다면 좋소. 가보시오! 나는 당신을 필요로 하지 않소.
> 내가 당신을 멀리 보내 드리리다.[1]

4. 여전히 난 질 수밖에 없다

성은주의 첫 시집을 읽어 가면서 생각나는 시인이 있었다. 우리의 삶이 필연적으로 겪는 좌절과 방황, 고통과 불안을 조용하고 꾸밈없는 언어로 섬세하게 묘사한 고독과 방랑의 시인 헤르만 헤세. 특히 1차 세계대전이 임박한 혼돈의 유럽을 떠나 내면의 길을 향해 인도, 수마트라, 싱가포르로 먼 뱃길을 떠났지만 어느 곳에도 편안하게 정착하지 못했던 헤세가 마흔 살에 쓴 「밤의 불안」이 성은주의 「폴터가이스트」와 시나브로 겹쳤다.

> 시계가 불안하게 벽의 거미줄과 이야기하고 있다

---

1) 『쾌락 원칙을 넘어서』, 지그문트 프로이트(박찬부 옮김), 열린책들, 1997, 22쪽

덧문을 바람이 쥐어뜯고 있다,
내 깜박이는 촛불들은
다 타서 촛농이 녹아내려 버렸고
술잔에는 포도주가 더 이상 없다
구석구석에서 그림자가
그 긴 손가락들이 나에게로 뻗쳐 온다.

(중략)

오랜 어둠 속에서 마냥 오그리고 앉아
지붕 속에서 나는 바람 소리를, 담벼락 속에서 버석이는 죽음 소리를 듣는다.
벽지 뒤에서 모래가 흘러내리는 소리를 듣는다
죽음이 언 손가락으로 거미줄 치는 소리를 듣는다
눈을 활짝 떠, 그것을 보고 붙잡으려 한다,
허공을 본다, 그것이 멀리서
비웃는 입술로 낮게 휘파람 부는 소리를 듣는다[2)]

헤세의 내면에서 소동을 부리는 불안의 유령이 갖춘 무기는 시각적 환영과 청각적 소음이다. 특히 원인을 찾기 힘든

2) 『헤르만 헤세 대표시선』, 전영애 옮김, 민음사, 2007, 141쪽

시끄러운 소리가 불안감을 증폭시킨다. 시곗바늘이 움직이며 내는 소리(째깍째깍), 바람에 덧문이 흔들거리는 소리(덜컹덜컹), 지붕 속에 유폐된 바람 소리(윙윙), 벽지 뒤에서 모래가 쉼 없이 흘러내리는 소리(스르륵스르륵)가 헤세의 영혼을 갉아먹으며 잠식해 들어온다. 그리고 이 정체불명의 소음들을 헤세는 죽음의 사자로 인식한다. 헤세가 아무리 이 불안의 정체를 포획하려고 해도 헛수고일 뿐이다. 불안은 그의 추적을 뿌리치고 저 멀리 달아나 비웃는다. 이제 성은주의 시끄러운 소리를 내는 유령, 즉 '폴터가이스트(poltergeist)'의 난동을 볼 차례이다. 폴터가이스트는 이유 없이 들리는 이상한 소리나 비명, 물체가 스스로 움직이거나 날아다니는 현상을 일컫는 초심리학적 개념이다.

하늘은 별을 출산해 놓고 천, 천, 히 잠드네

둥근 시간을 돌아 나에게 손님이 찾아왔어 동구나무처럼 서 있다가 숨 찾아 우주를 떠돌던 시선은 나를 더듬기 시작하네 씽끗, 웃다 달아나 종이 인형과 가볍게 탭댄스를 추지

그들은 의자며 침대 매트리스를 옮기고 가끔, 열쇠를 집어삼켜 버리지 그럴 때마다 나는 침대 밑에서 울곤 해 스스로 문이 열리거나 노크 소리가 들릴 때 화장실 문은 물큰물큰 삐걱대며 겁을 주기도 해 과대망상은 공중으로 나를 번쩍 들어 올리지 끊임없이 눈앞

에서 주변이 사라졌다 나타나고 조였다 풀어져

(중략)

천장을 훑어 오르기 위해 어둠 속에서 그들은 그림자를 흔들고 있어

자연스럽게 때론 엉성하게

그러다 접시가 입을 쩌억 벌렸어

누워 있던 골목들 일제히 제 넋을 출렁였지

–「폴터가이스트」 부분

불안을 다양한 시적 이미지로 형상화하는 데 성공한 성은주 시인의 등단작이다. 시인이 묘사하는 폴터가이스트는 헤세의 그것보다 언행이 신중하지 못하고 엉성하고 가볍다. 감정표현이 자유롭고, 겁을 주다가도 실없이 놀리거나 장난을 친다. 그렇다고 폴터가이스트를 얕보면 오산이다. 이 밤의 불청객이 지닌 염력은 강력하다. 불안의 정령은 가구를 이리저리 옮기고, 문을 제 맘대로 여닫고, 접시를 마구 뒤흔든다. 그뿐만이 아니다. 폴터가이스트는 나를 울리고, 나의 몸을 들어올리고, 나를 자유자재로 쥐락펴락한다. 이처럼 성은주 시인은 불안의 질곡에 빠진 예민한 자아의 모습을 다양한 이미지들의 몽타주를 통해 형상화한다.

성은주 시인이 이번 시집에서 천착하는 불안의 감정은 신체적 혹은 정신적으로 분명한 위협을 인지하였을 때 나타나는 공포의 감정과는 차별된다. 시인이 천착하는 삶 속 불안의 이미지는, 사회에서 제시한 성공의 이상에 부응하지 못하는 데서 오는 두려움, 즉 기대에 미치지 못한다는 열등감에서 비롯된 불안의 표상도 아니다. 말하자면 자신이 하찮은 존재라는 자기 모멸감의 표현이라고 보기 힘들다. 그렇다고 과거의 불행과 내상에 대한 기억에서 생기는 비연속적 슬픔이 성은주 시집에 도사린 불안의 원천이라고 속단할 근거는 많지 않다. 성은주 시인이 이번 시집에서 집요하게 파고드는 불안의 진앙은 불확실성이고, 불안의 실체는 불가해함이다. 불안은 불분명하고 불확정적이어서 포착할 수 없다. 불안은 유령처럼 세계를 떠돈다. 그렇다. 불안은 액체처럼 이리저리 유동한다. 따라서 불안은 극복할 수 있는 대상도, 회피할 수 있는 대상도 아니다. 시인에게 우리의 삶이란 하나의 불안을 다른 불안으로 대체하는 과정일 뿐이다. 비유하자면 "당황한 듯 서로 눈치 살피다 불안의 방으로 귀가해야 하는 자"(「술래의 집」)의 삶과 유사하다.

성은주 시인에게 불안은 주체가 느끼는 감정 그 이상의 의미가 있다. 불안은 세계 내 존재의 근본 양식이다. 시인은 불안을 인간존재의 불가피한 조건으로 이해한다. 불안은 세계에 내던져진 소외된 실존의 심연에 깃들인 허무에서 오는 위기의식의 발로인 것이다.

촛농처럼 쿠키를 굽던 엄마는 오지 않았다

여전히 좋은 사람은 끝까지 나타나지 않았다

(중략)

구멍 난 양말 같은 표정으로

여전히 난 질 수밖에 없다

-「타임아웃」 부분

선수 교체, 작전 지시 등을 위해 경기 진행을 잠시 멈추는 '타임아웃'의 시간대처럼 삶의 자연스러운 흐름이 갑자기 정지된 상태에서 엄습해 오는 실존적 공허감이 불안을 초래한다는 사실을 "구멍 난 양말 같은 표정"이란 한 컷의 이미지가 온몸으로 대변한다. 그리고 자신이 세상에 내버려졌다는 일종의 고아 의식이 낳은 불안감은 "여전히 난 질 수밖에 없다"는 열패감과 상실감으로 이어진다. 하지만 시인은 불안 앞에 투항의 백기를 들지 않는다. 시인은 불안을 지진계처럼 예민하게 느끼면서도, 애써 불안을 회피하지 않고 친구처럼 불안과 마주 앉아 이야기를 나눈다. 불안을 실존의 조건으로 끌어안고, 불안을 숙명으로 포용하면서 불안을 향해 되레 "괜찮니?/ 괜찮아"라고 따뜻한 위로의 말을 건넨다. 성은주 시인은 불안에 항명하기보다는 순명한다.

간판 불이 꺼지듯 해가 떨어진다
아무렇지 않게
저녁이 허무는 길을 걷다가
붉게 떨어진 아이 하나를 줍는다

빗소리를 내는 아이 앞에 오래 서 있다가
발아래가 젖는다

괜찮니?
괜찮아

－「심야극장」 부분

5. 두 손으로 백지를 끌어당겼다

무에 대한 원초적 경험이 불안이라면, 시인은 매일 매 순간, 이 질환을 앓는다. 불안은 시인의 존재론적 조건이다. 하얀 빈 종이 앞에서 무엇인가를 써야 하는 시작(詩作)에 대한 긴장과 압박이 시인의 영혼을 늘 불안하게 만든다. 백지 앞에 어떤 것도 사전에 결정된 것은 없다. 시인이 품은 시적 화두의 한 치 앞도 예상하기 힘들다. 시인에게는 무에서 유를 창조할 수 있는 자유가 부여된다. 불안은 이 무한한 자유에서 유래된 총체적인 책임감의 발로이다. 자유의 이행에는 불안이 수반된다. 하지만 백지라는 자유의 세계에 배태된 불안감이 세계와 존재에 대한 근본적인 물음을 던지게 만든다. 백지 앞에 선 실존의 밑바닥에 깃들인 허무에서 오는 위기의식이 시인으로서의 존재 이유를 캐묻게 만든다. 모름지기 시인은 위기에 직면해 자신의 실존이 요구하는 가치를 생산할 수 있는 창조자가 아닌가. 백지와 직면한 불안이 시인을 시인답게 만든다. 불안이 뮤즈의 칠현금을 탄주한다. 요컨대 불안은 시인의 천형이자 축복이다. 잘 빚어진 꽃병처럼, 영혼의 충만함과 내적 평정심을 통해서 시가 조탁될 수 있을 터이다. 하지만 '좋은 시'는 대부분 불안과 긴장, 우울과 히스테리로 점철된 영혼의 오지에서 핀 꽃이다.

> 불 끄지 마
> 어두운 숲에서는 종이가 자랄 수 없어
>
> 세상에서 가장 긴 목을 가졌는데
> 네 이름이 지워지고 있어

거기 어때?

바닥으로 떨어지는 흰 살점들
어떤 위치에서 널 바라봐야 할까
비스듬히

텅 빈 얼굴을 지날 때

그럴듯하게
종이 넘기는 소리가 들리고
두 손으로 백지를 끌어당겼다

깨지지 않게 조심해 줘
이제 방문 닫고 모두 나가 줄래

- 「백합」 전문

「백합」은 시로 쓴 시론(ars poetica)이다. 시인을 대변하는 시적 화자와 백지를 체현하는 백합 사이의 내밀한 대화로 이루어진 흥미로운 작품이다. 시의 시작(1연)과 끝(7연)은 백합이 시인에게 건네는 당부의 말로 구성되어 있다. 원래 백합은 주로 햇볕이 직접 쬐지 않는 숲이나 수목의 그늘과 같은 서늘한 곳에서 자란다. 그러나 성은주의 백합은 시적 화자에게 어두운 숲에서 자신이 성장할 수 없다고 하소연한다. 그리고 명령조로 부탁한다. "불 끄지 마". 자신을 어둠의 밀실 속에 내버려 두지 말라는 간절한 호소로 읽힌다. 백지를 상징하는 백합이 시인에게 자신을 외면하지 말 것을 피력하고 있는 장면인 것이다. 한편 전원을 끄지 말라는 언술에서 백합의 위치가 집 밖이 아니라 방 안이라는 사실을 짐작할 수 있다. 지금 백합은 시인의 서재 어딘가에 있는 것으로 추측된다.

2연과 3연에서는 시인을 대변하는 시적 화자가 백합에게 안부의 말을 건넨다. "거기 어때?" 백합은 다른 꽃과 비견해 상대적으로 큰 키를 자랑한다. 줄기가 2m 이상 자란다. 이런 맥락 속에서 시인은 백합을 "세상에서 가장 긴 목을" 가진 존재로 묘사한다. 문제는 그다음의 진술이다. "네 이름이 지워지고 있어". 이 말 속에서는, 백합에 적합한 이름을 부여해 주지 못한 시인의 미안함과 안타까움, 그리고 이 감정의 기저에는 글쓰기 행위에 대한 근본적인 불안감(백지 공포)이 스며 있다. "네 이름이 지워지고 있어"라는 말 속에서, 백지는 시인의 명명 행위(글쓰기) 이전에는 단순한 사물에 불과하다는 성은주 시인의 생각이 읽힌다. 요컨대 2연과 3연은 김춘수의 「꽃」이 창조적으로 변용된 사례로 판단된다.

4연에서는 꽃잎을 떨구는 백합과 독대하는 시인의 고뇌가 나타난다. 알다시피, 백합꽃을 구성하는 여섯 개의 화피갈래 조각은 크고 넓적하다. 시인은 바닥으로 떨어지는 백합 꽃잎을 "흰 살점들"의 이미지로 형상화한다. 백합(백지)을 단순한 관상용 식물이 아니라 자신의 몸과 영혼의 일부로, 즉 존재의 한 부분으로 생각하고 있다는 방증으로 읽힌다. 이어서 시인은 "어떤 위치에서 널 바라봐야 할까" 자문하며 깊은 사색에 빠진다. 물론 이 노심초사하는 마음의 심연에도 시쓰기에 대한 근본적인 불안이 매복되어 있다. 그래서일까, 시인은 백합을 똑바로 응시하지 못한다. 대신 "비스듬히" 바라본다. 기성의 관습화된 시선에서 해방되어 다른 각도에서 새롭게 백합(백지)을 살펴보기 시작하는 것이다. 불안이 창작의 영감으로 전환되는 극적인 순간이라 하겠다.

5연과 6연은 시적 화자가 시작의 두려움을 차츰 극복해 나가는 과정을 암시적으로 보여 준다. 이제 시적 화자는 꽃잎을 모두 떨군 백합("텅 빈 얼굴")을 지나간다. 여기서 그가 듣고 있는 "종이 넘기는 소리"는 백합 꽃잎이 한 잎 한 잎 떨어지는 소리에 다름 아니다. 백합 꽃잎은 하얀 공지(空紙), 말하자면 아무것도 쓰여 있지 않은 '타불라 라사(tablua rasa)'를 상징한다. 백합은 글쓰기가 상연될 텅 빈 무대이다. 이제 시적 화자는 백합 꽃잎을 양손으로 붙잡는다. 성은주 시인은 이 결정적인 장면을 이런 운동 이미지로 그린다. "두 손으로 백지를 끌어당겼다". 백지를 단순히 손에 쥔 형국이 아니다. '끌어당긴다'라는 동사에 잘 나타나 있듯이, 종이를 끌어서 자신에게 가까이 오게 만든 것이다. 말하자면 시인은 시를 쓸 수 있는 준

비가 된 것이다. 불안에 시달리기보다는 오히려 불안 속으로 단도직입해 불안과 운명을 함께할 자세를 가다듬은 것이다.

7연에서는 다시 백합이 시인에게 부탁의 말을 남긴다. "깨지지 않게 조심해 줘". 백합 꽃잎은 부드럽고 예민하고 연약하다. 찢기기 쉽다. 그래서 백합은, 아니 백지는 자신에게 달려드는 시인에게 이렇게 주의를 환기한다. 섬세하게 취급해 줘. 정성스러운 접근이 필요해. 진정성 있게 어루만져 줘. 백지를 함부로 다루면 백지는 찢어지기 십상이다. 말하자면 글쓰기는 성공할 확률보다 도중에 실패할 확률이 더 높음을 시인에게 에둘러 경고하고 있다. 백합은 마지막으로 당부한다. "이제 방문 닫고 모두 나가 줄래". 이제 백합은 다시 시인이 방문하기 전까지(시인이 새로운 시를 쓰기 전까지), 텅 빈 방에 홀로 남아 있을 것이다. 다시 꽃을 피우기 위해 긴 인내와 절대고독의 시간을 단독자로 견딜 것이다. 그렇다. 백합은 백지이자 시인의 분신이다.

6. 시는 성취된 불안이다

시인은 백지 앞에 직면한 불안을 내재화함으로써 집필의 용기를 얻을 뿐만 아니라, 정전(正傳)의 반열에 오른 선배 시인의 '영향에 대한 불안(Anxiety of influence)'을 통해서도 새로운 시도를 감행한다. 문학비평가 해럴드 블룸은 후배 시인은 위대한 선배 시인을 존경하면서도 자신도 독보적인 시인이 되고 싶은 욕망으로 선배 시인이 선취한 업적을 의도적으로 왜곡하고 방어적으로 읽음으로써 자신의 창조성을 부각한다고 주장한다. 블룸은 이것을 『영향에 대한 불안』이라고 명명한다. 이 불안을 통해 후발 시인은 강력한 선행자를 모방하는 단계를 넘어 그의 우선권과 독창성을 자기만의 방식으로 찬탈함으로써 자신의 길을 모색한다는 것이 블룸의 생각이었다. 블룸은 『영향에 대한 불안』에서 이렇게 주장한다.

> 영향에 대한 불안이 그토록 무서운 것은 일종의 분리불안이면서 동시에 강박신경증의 시작 혹은 인성화된 초자아인 죽음에 대한 공포이기 때문이다. 비유적으로 생각하면, 시는 영향에 대한 불안의 흥분 증가에 대해 응답하는 것이라고 볼 수 있다. 그러니 시는 쾌락에 의해서가 아니라 위험한 상황의 불쾌, 영향에 대한 슬픔이 많은 부분을 차지하는 불안한 상황의 불쾌로 만들어지는 것이다. (중략) 시는 만들어진 것이고 그 자체로 성취된 불안이다.[3]

시적 영향에 대한 블룸의 독창적인 이론에 동의한다면 이런 질문을 던질 수 있을 것이다. 성은주 시세계에서 '영향에

3) 『영향에 대한 불안』, 해럴드 블룸(양석원 옮김), 문학과지성사, 2012, 131~176쪽

대한 불안'을 감지할 수 있는가? 성은주 시인은 선배 시인에 대한 맹목을 자기 작품의 수정적인 통찰로 변모시킴으로써 그를 따르고 있는가? 성은주의 시에는 어떤 선구자의 그림자가 짙게 드리워졌는가? 물론 특정 일인으로 단정하기는 어려울 것이다. 하지만 이번 시집을 여는 서시이자 표제시인 「창」을 읽어 보면, 적어도 여러 선구자 중 한 명의 정체는 추론이 가능하다. 「창」은 시에 대한 시인의 철학이 투영된 '시로 쓴 시론'이다. 이 작품에서 성은주 시인의 상상력을 지배하고 자극하는 '영향'의 장본인은 김수영 시인이라고 추정된다. 보다 구체적으로 말하자면, 「창」은 김수영의 시론이 후세대 시인에게 미치는 '영향에 대한 불안'의 사례를 보여 준다. 「창」을 분석하기에 앞서, 김수영의 산문 「시여, 침을 뱉어라」의 다음 대목을 주의 깊게 읽어 보자.

> 사실은 나는 20여년의 시작생활을 경험하고 나서도 아직도 시를 쓴다는 것이 무엇인지를 잘 모른다. 똑같은 말을 되풀이하는 것이 되지만, 시를 쓴다는 것이 무엇인지를 알면 다음 시를 못 쓰게 된다. 다음 시를 쓰기 위해서는 여지까지의 시에 대한 思辨을 모조리 파산을 시켜야 한다. 혹은 파산을 시켰다고 생각해야 한다. 말을 바꾸어 하자면, 詩作은 '머리'로 하는 것이 아니고, '심장'으로 하는 것도 아니고 '몸'으로 하는 것이다. '온몸'으로 밀고 나가는 것이다. 정확하게 말하자면, 온몸으로 동시에 밀고 나가는 것이다.[4]

부연 설명이 필요 없다. 다시 읽어 봐도 김수영의 전위성과 천재성이 날카롭게 번뜩인다. 이제 후배 시인 성은주의 「창」을 읽어 볼 차례이다.

창문을 읽다가
깨진 조각으로 글씨를 썼다

흙에서 피가 났다

붉은 웃음처럼
번지는 방향이 더없이 좋았다

떠나고 싶을 때
돌멩이라고 적고
투명한 페이지를 뜯어낸다

흰 척추는 구부러지지 않고
그냥 깨질 뿐이다

뾰족한 단어가 걸어 나온다

---

4) 『김수영 전집 2』, 산문, 민음사, 2001, 249~250쪽

내 옆구리에

마침표 같은 구멍이 생겼다

-「창」 전문

1연에서 시인을 상징하는 시적 화자는 창을 바라보고 있다. 그가 무엇을 주시하는지 알 방법이 없다. 단지 "깨진 조각"이란 표현으로 미루어 짐작건대, 창유리는 박살이 난 모양이다. 여기서 흥미로운 대목은, 시인이 창문을 '보고' 있다고 하지 않고 '읽고' 있다고 상상하는 부분이다. 이는 창을 세계를 해석하는 인식의 틀로 해석하고 있다는 증거이다. 창은 세계를 반영한다. 그래서 창은 모사된 세계의 은유이다. 그런데 이 창이 깨졌다. 모방의 매개가 부서진 것이다. 이는 세계(현실)를 조망하고 판독하는 총체적인 시각이 더는 불가능함을 의미한다. '진리는 전체다'라는 총체성의 신화는 옛말이다. 깨진 유리창처럼 시각은 조각나 널브러졌으니, 이제 세계는 파편적으로 인식되고 기록될 수밖에 없다. 초현실주의 화가 르네 마그리트의 그림 <들판의 열쇠(La Clef des Champs)>를 보면, 깨진 유리 조각들에는 깨지기 전 창을 통해 본 밖의 풍경들이 흩어져 남아 있다. 성은주 시인이 "깨진 조각"으로 기록한 세계의 모습도 이와 유사할 것이다. 얼핏 보면 일관성과 연관성이 없는 이미지들이 낯설게 배치된 성은주의 시세계는 마그리트의 그림을 닮았다.

르네 마그리트, <들판의 열쇠>, 1936

날카로운 유리 조각(이미지의 편린)은 위험하다. 피부에 깊은 상처를 남기기 일쑤다. 시인은 깨진 조각으로 흙에 글씨를 쓴다. 아니 흙의 표피에 글자를 아로새긴다. 그러니 붉은 피가 흙의 생채기마다 흘러나온다. 종교적 차원에서도, 신화적 차원에서도 흙은 인간의 육체를 상징한다. 하느님은 흙의 먼지로 사람을 빚었다(창세기, 2장 7절). 프로메테우스는 천공에서 갓 떨어져 나온 흙덩어리를 강물에다 이겨 조물주를 닮은 인간을 빚었다. 그러니, 흙이 인간의 몸이라면, 성은주 시인에게 시작(詩作)은 펜으로 종이에 글자를 쓰는 행위를 넘어 자기 몸에 글자를 문신하는 피학적 제의로 확장된다. 자기 몸에 글자를 새기는 행위는 치명적인 고통을 수반한다. 하지만 이 고통은 모종의 마조히즘적 쾌락과 손을 잡는다. 자기 몸에 깨진 유리 조각으로 글자를 쓰면 피가 흐른다. 하지만 이 고통의 선혈을 시인은 "붉은 웃음"으로 의인화한다. 그리고 그 웃음이 사방으로 퍼지는 모습(피가 더 많이 흐르는 모습)을 보고 "좋았다"라고 말한다. 시쓰기는 고통과 희열이 뒤섞인 '불가해한' 병리현상이라는 시인의 입장이, 피 흘리는 흙의 이미지를 통해 발화되는 장면이다.

지금까지 분석해 본 성은주의 시에서 김수영의 잔영(영향)을 발견하기는 어렵지 않다. 성은주의 내면을 사로잡은 '영향에 대한 불안'을 김수영의 두 문장으로 요약할 수 있을 터이다.

> 1) 詩作은 '머리'로 하는 것이 아니고, '심장'으로 하는 것도 아니고 '몸'으로 하는 것이다.
>
> 2) 시를 쓴다는 것이 무엇인지를 알면 다음 시를 못 쓰게 된다.

4연과 5연은 1연에서 깨진 창이 등장하게 된 전사(前事)를 보여 준다. 애초부터 창문이 깨져 있던 것이 아니었다. 창문을 깬 장본인은 바로 시인이었다. 시인이 창문에 돌을 투척한 이유는 미지의 세계(terra incognita)를 향한 동경이다. 그렇다고 "떠나고 싶을 때"라는 시구를 환멸적인 현실에서 도피하는 낭만적인 방랑과 편력으로만 이해하면 곤란하다. "돌멩이"의 모티브에서 알 수 있듯이, 시인은 기성의 세계를 읽는 고정된, 습관화된, 타성에 젖은 인식의 패러다임을 일거에 깨부수고 미답의 영역으로 진입하려고 한다. 기존의 창을 상징하는 "투명한 페이지"를 주저 없이 뜯어내는 투쟁의 의지에서 다시 김수영의 그림자가 보인다. 기성의 유리창을 지탱해온 "흰 척추"마저 깨뜨리는 성은주 시인의 파신(破散)의 열정에서 기성의 모든 생각을 모조리 부정하는 김수영의 파산(破産)선고의 결단이 보인다.

> 다음 시를 쓰기 위해서는 여지까지의 시에 대한 사변을 모조리 파산을 시켜야 한다. 혹은 파산을 시켰다고 생각해야 한다.

4연과 5연이 창문이 깨지는 순간을 포착한다면, 6연은 다시 창문이 깨진 직후의 모습에 초점을 맞춘다. 앞서 시인은 깨진 창문 조각(파편적 세계인식)으로 흙(몸)에 글(시)을 썼다. 그런데 이제는 몸에 새겨진 글자가 스스로 몸 밖으로, 즉 세상으로 외출한다. 시인은 이 부조리한 사태를 이렇게 표현한다. "뾰쪽한 단어가 걸어 나온다". 이 신비한 초현실주의적 이미지는 독자에게 이런 전언을 건넨다. 끝이 날카로운 단어는 세계를 긁고 지나간다. 뾰족한 단어는 세계와 맞부딪치게 마련이다. 시는 세계 위를 매끄럽게 질주하지 않는다. 시는 세계 위를 비상하지 않는다. 시는 세계와 충돌하며 포복한다. 따라서 시로 가는 도정에서는 늘 마찰음이 들린다. 시는 현실과 서로 닿아 비벼지면서 앞으로 나가기 때문이다. 이 대목에서 재차 영향에 대한 불안이 감지된다. 아마도 성은주 시인은 「창」을 쓰면서 김수영 시인이 선취한 이 두 문장을 찬탈하고 싶었는지 모른다.

> '온몸'으로 밀고 나가는 것이다. 정확하게 말하자면, 온몸으로 동시에 밀고 나가는 것이다.

마지막 7연의 시구는 촌철살인이다. 김수영이 미처 생각하지 못한 지점까지 시인의 상상력이 나가기 때문이다. 7연은 온몸으로 밀고 나가는 시작 행위 이후의 풍경을 아름다운 이미지로 형상화하는 데 성공한다. 나의 몸에 아로새겨졌던 단어가 세상으로 나간 이후, 말하자면 한 편의 시를 집필한 이후의 모습이 나타난다. 시쓰기의 지난한 고투가 끝난 이후 느끼는 감정은 행복한 성취감보다는 실존적 공허함, 자기 존재의 모든 것이 빠져나간 뒤 몰려오는 상실감과 우울함일 것이다. 그래서 성은주 시인은 「창」을 이렇게 마무리한다. "내 옆구리에/ 마침표 같은 구멍이 생겼다". 이 구멍 속 어딘가에 다시 '불안의 정령'이 도사리고 있을 것만 같다.

그러나 큰 걱정은 없다. 성은주 시인은 불안의 소행을 품어 안는 따듯한 마음을 지녔고, 일상 속 불안을 고도의 시적 이미지로 형상화하는 능숙한 솜씨를 갖췄을 뿐만 아니라, 시인이 예민하게 감지하는 불안을 내재화하여 창의적인 시적 상상력의 자양분으로 삼는 희귀한 능력도 겸비했기 때문이다. 성은주보다 불안을 더 잘 '표현'하는 시인은 있을 수 있겠으나, 성은주보다 불안을 더 잘 '성취'한 시인을 찾기는 쉽지 않다. '앙스트블뤼테(angstblüte)'라는 흥미로운 독일어가 있다. 불안과 두려움을 뜻하는 '앙스트(angst)'와 꽃과 만개를 뜻하는 '블뤼테(blüte)'의 합성어이다. 전나무가 이듬해 자신이 죽게 될 열악한 상황에 처하면 그해 유난히 아름답고 향기로운 꽃을 풍성하게 피우는 자연현상을 가리키는 생물학적 개념에서 파생된 임학 전문 용어이다. 모든 식물은 생존의 위기에 직면하면 자신의 종자를 후대에 물려 주기 위해 필사적으로 꽃을 피운다. 이는 회광반조(回光返照)의 표징이자 실존의 불안이 야기한 개화이다. 이렇게 정리할 수 있겠다. 성은주의 시는 이미지의 몽타주를 통해 잘 성취된 불안이다. 그녀의 시는 불안이 피어 올린 꽃이다.